W0030148

L'auberge du mystère

L'auberge du mystère

Collection : NORA ROBERTS

Titre original : STORM WARNING

Traduction française de GAELLE BRAZON

HARLEQUIN®
est une marque déposée par le Groupe Harlequin

Photos de couverture
Paysage : © MIKE DOBEL/ARCANGEL IMAGES
Ciel : © GETTY IMAGES/FLICKR/ROYALTY FREE
Réalisation graphique couverture : E. COURTECUISSE (Harlequin SA)

83-85, boulevard Vincent-Auriol, 75646 PARIS CEDEX 13.
Service Lectrices — Tél. : 01 45 82 47 47
www.harlequin.fr
ISBN 978-2-2802-8487-5

Pour ma mère,
qui a empêché mes frères de me taper dessus…
même quand je le méritais.

Chapitre 1

Le Pine View Inn était niché au cœur des montagnes Bleues de Virginie. Pour y accéder, il fallait quitter la route principale, prendre un chemin qui serpentait à travers la montagne, et c'était seulement après avoir traversé un gué à peine assez large pour une voiture que la bâtisse de deux étages se dressait devant vous, pleine de charme et de caractère.

Malgré sa structure un peu biscornue, ses lignes étaient harmonieuses. Les murs de brique étaient légèrement délavés par les intempéries et arboraient maintenant un très joli rose pastel. Ils étaient percés d'étroites fenêtres aux volets blancs. Le toit en croupe, d'un vert fané par les années, était surmonté de trois cheminées droites. Et puis, il y avait bien sûr la large galerie de bois blanc, qui faisait tout le tour de la maison.

La pelouse était bien entretenue et s'étendait sur moins d'un demi-hectare avant de céder la place aux arbres et aux affleurements rocheux. C'était un peu comme si la nature avait accepté de céder ses droits sur une petite portion de terrain, mais pas plus. Le résultat était tout simplement magnifique.

La maison et les montagnes cohabitaient en toute sérénité, sans se voler une once de leur beauté respective.

Ce fut du moins la réflexion que se fit Autumn alors qu'elle longeait la maison en direction de la petite zone gravillonnée qui faisait office de parking. Cinq véhicules, parmi lesquels la vieille Chevrolet de sa tante, y étaient garés. L'auberge semblait déjà accueillir plusieurs clients, ce qui était plutôt étonnant vu qu'il restait encore quelques semaines avant le début de la haute saison.

En descendant de voiture, elle réprima un frisson. Le fond de l'air était frais, caractéristique d'un mois d'avril. Les jonquilles n'étaient pas encore ouvertes, tandis que les crocus commençaient tout juste à faner. Des traces de couleur çà et là attirèrent son attention : les premiers bourgeons d'azalée. Elle resta quelques instants à savourer cette journée qui commençait, suspendue au bord du printemps. Au loin, les montagnes environnantes conservaient leur manteau d'hiver aux nuances brunes, mais des touches de vert émergeaient çà et là. La nature n'allait pas tarder à délaisser la morosité du marron et du gris.

Après un dernier coup d'œil admiratif, elle plaça la sangle de son étui d'appareil photo sur une épaule, puis celle de son sac à main sur l'autre. Des deux, c'était l'appareil photo le plus important. Elle attrapa ensuite les deux grosses valises qui étaient rangées dans le coffre. Au prix de quelques efforts, elle parvint à tout prendre d'un coup, puis monta les marches. Comme d'habitude, la porte n'était pas verrouillée.

Il n'y avait personne en vue. Le vaste salon était désert, mais un feu crépitait dans la cheminée. Après avoir posé ses valises, elle fit quelques pas et regarda autour d'elle. Rien n'avait changé.

Le sol recouvert de tapis en lirette, les couvertures au crochet drapées sur les deux canapés en patchwork, les rideaux à volant en chintz qui pendaient aux fenêtres, la collection de figurines Hummel en porcelaine qui ornait toujours le dessus de la cheminée : tout était à sa place. Non, en effet, rien n'avait changé. Comme dans ses souvenirs, la pièce était soignée, mais loin d'être impeccablement rangée : des magazines traînaient un peu partout ; une boîte à couture dont le contenu débordait était posée dans un coin ; plusieurs coussins étaient empilés sur le siège près de la fenêtre, dans un souci de confort plus que par effet de style. Elle esquissa un sourire. Cette ambiance chaleureuse, ce charme un peu distrait, c'était à l'image de tante Tabby.

Elle éprouva un étrange contentement. Il était toujours rassurant de constater qu'un lieu aimé n'avait pas changé. Tout en parcourant une dernière fois la pièce du regard, elle se passa la main dans les cheveux. Après le long trajet toutes vitres baissées, la crinière qui lui arrivait en bas du dos était bien sûr complètement emmêlée. Elle envisagea un instant de se mettre à la recherche de sa brosse, mais un bruit de pas dans le couloir lui fit oublier ses soucis capillaires.

— Oh ! Autumn, te voilà.

Fidèle à elle-même, sa tante l'accueillit comme si elle venait de rentrer d'une petite virée d'une heure au supermarché du coin et non d'un séjour de un an à New York.

— Je suis contente que tu sois arrivée à temps pour le dîner. Je t'ai cuisiné ton plat préféré : du rôti à la cocotte.

Autumn sourit. C'était le plat préféré de son frère Paul, mais elle n'eut pas le cœur de le lui rappeler.

— Tante Tabby, je suis tellement contente de te voir !

Elle se précipita vers sa tante et l'embrassa sur la joue. Une odeur familière de lavande l'enveloppa aussitôt.

« Tabby » était peut-être le nom savant des chats tigrés, mais c'était le seul point commun que sa tante avait avec ces animaux. Les chats sont enclins au snobisme et tolèrent le reste du monde avec dédain. Ils sont réputés pour leur vitesse, leur agilité et leur ruse. Tante Tabby était connue pour ses propos incohérents, ses conversations décousues et ses raisonnements embrouillés. Elle était d'une candeur à toute épreuve. Autumn l'adorait.

— Tu as une mine superbe, déclara Autumn en tenant sa tante à bout de bras pour mieux l'observer.

Tante Tabby était toujours resplendissante, de toute façon. Ses cheveux étaient du même châtain-roux foncé que les siens, mais parsemés de mèches grises. Le résultat lui allait d'ailleurs à ravir. Ils étaient coupés court et bouclaient allègrement autour de son petit visage rond. Tout en elle était menu : sa bouche, son nez, ses oreilles, et même ses pieds et ses mains. Elle avait les yeux bleu pâle et la peau aussi lisse que celle d'une jeune fille, bien qu'elle ait dans les cinquante-cinq ans. Dotée de rondeurs généreuses, elle mesurait une quinzaine de centimètres de moins qu'Autumn. A côté d'elle, Autumn se faisait toujours l'effet d'être un cure-dents dégingandé. Elle étreignit de nouveau sa tante, puis l'embrassa sur l'autre joue.

— Absolument superbe, répéta-t-elle.

Tante Tabby leva la tête vers elle en souriant.

— Et toi, tu es tellement jolie. Tu es toujours ravissante, de toute manière. Mais tu es bien trop mince.

Elle lui tapota la joue, puis s'interrogea à voix haute sur le nombre de calories dans son rôti. Autumn haussa légèrement les épaules. Lorsqu'elle avait arrêté de fumer, elle avait bien pris cinq kilos… qu'elle avait presque aussitôt reperdus.

— Nelson, ton père, a toujours été très mince, poursuivit tante Tabby.

— Ça n'a pas changé, répliqua Autumn.

Elle posa l'étui de son appareil photo sur une table, puis sourit.

— Maman le menace constamment de demander le divorce.

— Allons bon ! s'exclama sa tante en faisant claquer sa langue d'un air pensif. Je ne trouve pas ça raisonnable, après toutes ces années de mariage.

Autumn hocha la tête en silence. De toute évidence, sa plaisanterie était tombée à plat.

— Je t'ai donné ta chambre préférée. Celle dont la fenêtre donne sur le lac. Les arbres seront bientôt pleinement épanouis, mais… Tu te souviens d'être tombée dedans quand tu étais petite ? Nelson a dû te repêcher.

— C'était Will, corrigea Autumn, en fronçant les sourcils au souvenir du jour où son petit frère avait basculé dans le lac.

— Oh ?

Une expression déconcertée s'afficha brièvement sur le visage de tante Tabby, vite remplacée par un sourire désarmant.

— Il est devenu un excellent nageur, n'est-ce pas ? Il a un physique tellement imposant, à présent. Ça m'a toujours surprise. En ce moment, il n'y a pas d'enfants à l'auberge, ajouta-t-elle, enchaînant une phrase après l'autre avec sa logique toute personnelle.

— J'ai vu plusieurs voitures dehors, remarqua Autumn. Est-ce qu'il y a beaucoup de clients ?

Elle se mit à déambuler dans la pièce tout en étirant ses muscles ankylosés. Un parfum de santal et d'huile de citron flottait dans l'air.

— Une chambre double et cinq individuelles, répondit sa tante. L'un des pensionnaires est français et raffole de ma tarte aux pommes. Je dois aller surveiller mon cobbler aux myrtilles, annonça-t-elle de but en blanc. Nancy fait des merveilles avec un rôti, mais la pâtisserie n'est pas son fort. George a attrapé un virus, il est cloué au lit.

Tout en tentant de décrypter cette dernière information, Autumn regarda sa tante se diriger vers la porte.

— J'en suis désolée, répondit-elle en s'efforçant de prendre un ton compatissant.

— Je suis un peu à court de personnel en ce moment, ma chérie. Ça ne t'embête pas de monter tes bagages toute seule ? Sinon tu peux attendre que l'un de ces messieurs revienne.

George… Enfin, Autumn se rappela de qui il s'agissait. George était jardinier, porteur et barman.

— Ne t'inquiète pas, tante Tabby. Je peux me débrouiller.

— Oh ! à propos, Autumn, j'ai une petite surprise pour toi…

Sa tante s'était tournée vers elle, avec l'intention d'ajouter quelque chose, mais elle fut distraite par ce qui se passait en cuisine.

— Oh ! je vois que Mlle Bond est de retour, très bien, très bien.

Comme à son habitude, elle s'interrompit au beau milieu de cette phrase pourtant bien mystérieuse puis sourit.

— Mlle Bond te tiendra compagnie. Le dîner sera servi à l'heure habituelle. Ne sois pas en retard.

Visiblement rassurée à l'idée qu'Autumn et son

gâteau étaient sur le point d'être pris en charge, elle sortit d'un air affairé, ses talons claquant joyeusement sur le parquet. Autumn resta un instant immobile au beau milieu de la pièce à se demander qui diable pouvait être cette fameuse Mlle Bond.

La réponse à sa question ne se fit pas attendre. Une femme fit son entrée dans la pièce.

Julia Bond… Bien sûr ! Autumn la reconnut aussitôt. Aucune autre femme ne possédait ce genre de beauté dorée et lumineuse. Autumn ne comptait plus les fois où, assise dans une salle obscure bondée, elle avait regardé le charme et le talent de l'actrice dépasser les frontières du cinéma. En personne, elle était aussi magnifique qu'à l'écran. Sa beauté rayonnait même d'un éclat encore plus vif.

Consciente de se montrer très impolie, Autumn ne put s'empêcher de la dévorer du regard. Petite, avec des courbes voluptueuses, Julia Bond incarnait la féminité dans toute sa splendeur. Sa tenue était tout aussi magnifique. Elle portait un pantalon en lin crème et un pull en cachemire bleu vif qui mettait son teint en valeur. Son visage était encadré de ses fameux cheveux blond pâle qui brillaient comme des rayons de soleil. Ses yeux étaient de l'azur profond d'un ciel d'été. La bouche charnue et bien dessinée esquissa un sourire, tandis que les fameux sourcils se haussaient. Pendant un instant, Julia garda le silence, se contentant de tripoter son foulard de soie du bout des doigts d'un air pensif. Puis elle parla, de sa voix rauque caractéristique.

— Quelle magnifique chevelure…

Autumn mit quelques secondes à réagir. A sa décharge, c'était assez stupéfiant de voir la célèbre Julia Bond entrer dans le salon de sa tante avec autant de nonchalance que si elle franchissait le seuil du Hilton de New York. Mais son sourire était si avenant et naturel qu'Autumn finit par le lui rendre et par retrouver ses bonnes manières.

— Merci. Je suis sûre que vous avez l'habitude d'être dévisagée comme une bête curieuse, mademoiselle Bond, mais je vous prie quand même de m'excuser.

Julia Bond s'assit dans une bergère, avec une grâce aussi insolente qu'admirable. Tout en sortant une cigarette longue et fine de son paquet, elle adressa un sourire éclatant à Autumn.

— Les acteurs adorent être regardés. Asseyez-vous, fit-elle avec un geste de la main. J'ai l'impression que j'ai enfin trouvé quelqu'un à qui parler dans cette maison.

Incapable de résister à son charme, Autumn obéit immédiatement.

— Bien sûr, poursuivit Julia, les yeux rivés sur son visage, vous êtes beaucoup trop jeune et séduisante.

Julia Bond s'appuya contre le dossier en croisant les jambes et soudain le vieux fauteuil dont l'accoudoir gauche portait des traces de raccommodage prit des allures de trône.

— Cela dit, nos teints et nos cheveux se complètent à merveille. Quel âge avez-vous, trésor ?

— Vingt-cinq ans, répondit Autumn sans réfléchir, captivée par son interlocutrice.

Julia Bond se mit à rire, un son grave et pétillant qui montait et descendait comme une vague.

— Oh ! moi aussi ! Pour l'éternité.

Elle rejeta la tête en arrière d'un air amusé, puis la laissa penchée sur le côté. Autumn regretta soudain de ne pas avoir son appareil photo sous la main.

— Comment vous appelez-vous, trésor ? poursuivit l'actrice. Et qu'est-ce qui vous amène dans ce havre de solitude perdu au milieu des pins ?

— Autumn, répondit-elle en repoussant ses cheveux dans son dos. Autumn Gallegher. Ma tante est la propriétaire de cette auberge.

— Votre tante ?

Julia parut surprise, avant de reprendre avec amusement :

— Cette charmante petite dame qui a la tête dans les nuages est votre tante ?

— Oui, répondit Autumn, que cette description appropriée fit sourire. C'est la sœur de mon père.

Plus détendue maintenant, elle se laissa aller contre le dossier. Elle étudia à son tour l'actrice, l'esprit tourné vers les angles et les ombres. Julia Bond avait un visage très photogénique.

— Incroyable, déclara Julia en secouant la tête. Vous ne lui ressemblez pas. Ah si, les cheveux, corrigea-t-elle avec un regard envieux. Je suppose que les siens étaient aussi de cette couleur autrefois. Magnifique. Je connais des femmes qui tueraient pour cette nuance, et vous en avez environ un mètre dans le dos.

Avec un soupir, elle tira délicatement sur sa cigarette.

— Alors comme ça, vous êtes venue rendre visite à votre tante.

Elle ne faisait preuve d'aucune condescendance, et son intérêt se lisait dans son regard. Déjà conquise par son charme, Autumn commençait même à la trouver sympathique.

— Je compte rester quelques semaines. Ça fait presque un an que je ne lui ai pas rendu visite. Elle m'a écrit et m'a demandé de venir, alors j'ai décidé de prendre toutes mes vacances d'un coup.

— Que faites-vous dans la vie ? demanda Julia. Mannequin ?

Autumn éclata de rire. Mannequin ? La simple éventualité lui paraissait absurde.

— Non, répondit-elle. Je suis photographe.

— Photographe ! s'exclama l'actrice, la mine rayonnante. J'adore les photographes. Par vanité, je suppose.

— Les photographes vous adorent sûrement aussi.

— Oh ! ma chère…, fit Julia Bond en souriant avec un mélange de plaisir et d'amusement. C'est très gentil.

Oubliant qu'elle était en présence d'une immense

star de cinéma, Autumn laissa libre cours à sa curiosité.

— Etes-vous venue seule, mademoiselle Bond ?

— Julia, je vous en prie, ou vous allez me faire penser à la demi-décennie qui nous sépare. Cette couleur vous va à ravir, remarqua-t-elle en observant le pull ras du cou que portait Autumn. Je n'ai jamais pu m'habiller en gris.

Elle s'interrompit et éclata d'un petit rire cristallin.

— Désolée, trésor, reprit-elle. J'ai un faible pour les vêtements. Si je suis venue seule ?

Son sourire s'accentua.

— A vrai dire, ce séjour me permet de joindre l'utile à l'agréable. Pour l'instant, je suis entre deux maris. Un fabuleux moment de répit, soit dit en passant. Les hommes sont merveilleux, mais les maris sont des empêcheurs de tourner en rond. En avez-vous déjà eu un ?

— Non.

Autumn ne put retenir un sourire. Julia aurait employé le même ton pour lui demander si elle avait déjà eu un cocker.

— J'en ai eu trois, confia l'actrice, une lueur malicieuse et jubilatoire dans le regard. Et la troisième fois était encore moins concluante que les deux premières. Six mois avec un baron anglais, ça m'a suffi.

Autumn avait vu des photos de Julia en compagnie d'un grand Anglais à l'allure aristocratique. Même toute de tweed vêtue, elle avait une classe folle.

— J'ai fait vœu d'abstinence, poursuivit Julia. Pas contre les hommes, mais contre le mariage.

— Jusqu'à la prochaine fois ? hasarda Autumn.

Elle regretta aussitôt cette formule maladroite, mais Julia éclata de rire, pas vexée pour un sou.

— Jusqu'à la prochaine fois, acquiesça-t-elle. En ce moment, je suis ici avec Jacques LeFarre, de façon tout à fait platonique.

— Le producteur ?

— Bien sûr.

De nouveau, Autumn sentit le regard de l'actrice peser sur elle.

— D'un simple coup d'œil, il va décider que vous avez l'étoffe d'une future star, remarqua Julia. Voilà qui peut s'avérer divertissant.

L'actrice fronça les sourcils, puis haussa les épaules.

— Pour l'instant, les autres résidents des lieux ont été incapables d'offrir la moindre distraction.

Tout en parlant, elle lui avait tendu une cigarette. Autumn la refusa d'un signe de tête.

— Tout d'abord, nous avons le Dr et Mme Spicer.

Julia se mit à tapoter l'accoudoir du fauteuil d'un de ses ongles manucurés. Quelque chose avait changé dans son attitude, mais de façon trop subtile pour qu'Autumn, pourtant sensible aux humeurs des uns et des autres, puisse l'identifier.

— Seul, le docteur présenterait un certain intérêt, poursuivit Julia. C'est un bel homme raffiné, très grand, bien bâti, avec juste ce qu'il faut de gris aux tempes.

Julia sourit. Aussitôt, Autumn se représenta une très jolie chatte bien repue. Elle hocha la tête, encourageant Julia à poursuivre son inventaire.

— Sa femme est petite et passablement courtaude. Elle gâte tout le charme qu'elle pourrait avoir en arborant une expression perpétuellement morose.

Julia se lança dans une imitation tellement hilarante qu'Autumn ne put s'empêcher de pouffer de rire.

— C'est méchant, dit-elle d'un ton un peu réprobateur, mais sans se départir de son sourire.

— Oh ! je sais, admit Julia en agitant la main d'un air nonchalant. Je n'ai aucune indulgence pour les femmes qui se laissent aller, mais qui reprochent ensuite aux autres de rester coquettes. Le mari aime prendre l'air et marcher dans les bois, tandis qu'elle se traîne derrière lui en bougonnant.

Julia marqua une pause et observa Autumn d'un air méfiant.

— La marche, vous en pensez quoi ?

— J'aime bien ça.

Prenant conscience de ce que son ton était un peu contraint, Autumn sourit.

— Bon…, fit Julia en haussant les épaules. Il en faut pour tous les goûts. Ensuite, nous avons Helen Easterman.

Les ongles vernis à l'ovale parfait se remirent à battre la mesure. Julia tourna les yeux vers la fenêtre. Mais ce n'était sûrement pas pour admirer les montagnes et les pins, songea Autumn sans trop savoir pourquoi.

— Elle dit qu'elle est professeur d'art et qu'elle a pris des congés pour faire des croquis de la nature. Elle est assez séduisante, quoiqu'un peu flétrie, avec des petits yeux acérés et un sourire désagréable. Ensuite, il y a Steve Anderson.

Le visage de Julia afficha de nouveau une mine de chatte gourmande. Apparemment, les hommes étaient beaucoup plus à son goût.

— C'est un garçon délicieux. Il a de larges épaules, les cheveux d'un blond californien, de beaux yeux bleus. Et il est incroyablement riche. Son père possède… heu…

— Anderson Manufacturing ? suggéra Autumn, aussitôt récompensée par un regard approbateur.

— Vous avez l'esprit vif.

Autumn ne releva pas le compliment.

— J'ai entendu quelque part que Steve Anderson se destine à une carrière politique.

— Hmm, oui. Il y serait à sa place, répliqua Julia en hochant la tête. Il est très bien élevé et possède un sourire enfantin désarmant. Un atout incontestable en politique.

— Ça donne à réfléchir, de se dire que les responsables gouvernementaux sont élus pour leur sourire.

— Oh ! la politique…

Julia fronça le nez et haussa les épaules avec dédain.

— Il y a quelque temps, j'ai eu une aventure avec un sénateur. Une sale affaire, la politique.

Elle se mit à rire, comme s'il y avait là quelque plaisanterie secrète. Ne sachant pas si la remarque était d'ordre sentimental ou général, Autumn n'insista pas. Mieux valait relancer la conversation.

— A vous entendre, c'est une drôle de ménagerie qui cohabite ici. Je n'aurais pas imaginé Julia Bond et Jacques LeFarre en faire partie.

— Le show-biz, répliqua l'actrice.

Elle alluma une autre cigarette en souriant, puis l'agita en direction d'Autumn.

— N'abandonnez jamais la photographie, quelles que soient les promesses que Jacques vous fait. Nous sommes ici à cause du dernier membre de notre petite ménagerie, comme vous dites. Il en est certainement le plus intéressant, d'ailleurs. C'est un écrivain génial. Il y a quelques années, j'ai joué un de ses scénarios. Jacques veut en produire un autre, avec moi dans le rôle principal.

Elle tira profondément sur sa cigarette.

— Les bons scripts se faisant rares, je suis plus qu'intéressée, mais notre écrivain est au beau milieu d'un roman. D'après Jacques, ce livre pourrait être transformé en scénario, mais le petit génie fait de la résistance. Il a dit à Jacques qu'il venait ici pour écrire en paix pendant quelques semaines et qu'il y réfléchirait. Le charmant LeFarre l'a convaincu de nous laisser passer quelques jours avec lui.

Autumn était autant fascinée que déroutée.

Curieuse, elle fut incapable de refréner la question qui lui brûlait les lèvres.

— Ça vous arrive souvent, de courir après les auteurs de cette façon ? J'aurais cru que c'était plutôt le contraire.

— Et vous auriez raison, répondit Julia d'une voix monocorde.

D'un seul mouvement de ses sourcils, son expression se fit hautaine.

— Mais Jacques est fermement décidé à produire le travail de cet homme, et il a profité d'un moment de faiblesse de ma part. Je venais de finir de lire un scénario épouvantable. En fait, trois scénarios épouvantables, corrigea-t-elle en grimaçant. Mon travail me nourrit, mais je refuse la médiocrité. Alors… me voilà…

Elle termina sa tirade par un petit sourire faussement penaud.

— A la poursuite d'un écrivain récalcitrant, lâcha Autumn.

Cette fois le sourire de Julia se fit plus franc.

— Oui, mais il y a des compensations.

J'aimerais la photographier avec le soleil derrière elle, songea Autumn. *Un soleil bas, en train de se coucher. Les contrastes seraient parfaits.*

— Des compensations ? répéta-t-elle un peu machinalement.

— Il se trouve que ledit écrivain est incroyablement séduisant. Il a ce genre de physique mâle et brut qu'aucun homme ne peut reproduire s'il n'est pas né avec. Un changement très appréciable par rapport aux barons anglais, précisa Julia, un éclat coquin dans le regard. Il est grand, le teint hâlé, avec des cheveux noirs un peu trop longs et toujours ébouriffés. N'importe quelle femme brûlerait d'envie de plonger les doigts dedans. Mais le mieux, ce sont ses yeux noirs qui semblent dire « Allez au diable » avec beaucoup d'éloquence. Il est arrogant comme pas deux.

Le soupir qu'elle poussa témoignait d'une approbation purement féminine.

— Les hommes arrogants sont irrésistibles, vous ne trouvez pas ?

Autumn émit un vague murmure, tandis qu'elle s'efforçait de dissiper les soupçons qui naissaient en elle et de refouler la panique qui allait avec. Non, c'était impossible ! Il devait s'agir de quelqu'un d'autre. N'importe qui d'autre.

— Et, bien sûr, avec un talent comme le sien, Lucas McLean peut se permettre un peu d'arrogance, conclut Julia.

Autumn accusa le coup. Elle se raidit tandis que les vagues d'une douleur presque oubliée la submergeaient.

Comment cela pouvait-il faire encore si mal après tout ce temps ? Elle avait fait tant d'efforts pour construire le mur qui maintenant protégeait son cœur. Comment un simple nom parvenait-il à le réduire en poussière ? Par quel caprice du destin

Lucas McLean revenait-il la tourmenter ? C'était un cauchemar !

— Qu'y a-t-il, trésor ?

La voix de Julia, à la fois inquiète et curieuse, la tira de ses pensées. Autumn secoua la tête, comme pour reprendre pied dans la réalité.

— Rien, répondit-elle en prenant une profonde inspiration. Je suis juste surprise de savoir que Lucas McLean est ici.

Elle inspira de nouveau profondément et regarda Julia dans les yeux.

— Je l'ai connu… il y a longtemps.

— Oh ! je vois.

Et elle voyait très bien, c'était évident. La voix et le visage de Julia dénotaient une compassion pleine d'interrogation. Autumn haussa les épaules, résolue à faire preuve de légèreté.

— Ça m'étonnerait qu'il se souvienne de moi.

Une partie d'elle-même espérait avec ferveur que ce soit le cas, tandis qu'une autre souhaitait le contraire. L'aurait-il rayée de sa mémoire ? En était-il capable ?

— Autumn, trésor, votre visage n'est pas de ceux qu'un homme peut oublier, affirma Julia en l'étudiant à travers un nuage de fumée. Etiez-vous très jeune lorsque vous êtes tombée amoureuse de lui ?

A quoi bon mentir ?

— Oui, répondit-elle tout en essayant de retrouver sa belle indifférence, cette fameuse barrière qui la protégeait de la souffrance. Trop jeune, trop naïve.

Elle esquissa un sourire fragile et, pour la première fois depuis six mois, elle accepta une cigarette.

— Mais j'apprends vite.

— Tout compte fait, les prochains jours s'annoncent intéressants.

— Oui, répliqua Autumn, mais sans le moindre enthousiasme. On dirait bien que oui.

Elle avait besoin d'être seule et de reprendre ses esprits. Elle se leva, étirant ses bras minces vers le plafond.

— Je dois monter mes bagages.

Julia n'insista pas.

— Je vous verrai au dîner, déclara-t-elle en souriant.

Autumn ramassa son étui d'appareil photo et son sac, puis sortit du salon. Une fois dans le couloir, elle récupéra ses valises et entreprit de monter l'escalier, chargée comme une mule. Tout en gravissant lentement les marches, elle relâcha sa tension en marmonnant et en jurant. *Lucas McLean…*, songea-t-elle alors qu'une des valises heurtait son tibia. Elle parvint presque à se convaincre que son humeur massacrante était due au bleu qu'elle venait de se faire. Elle arriva devant sa chambre à bout de souffle et de patience et lâcha brusquement ses bagages par terre.

— Bonjour, chaton. Tu te passes de porteur ?

La voix et le surnom ridicule la frappèrent en plein cœur. Après un instant d'hésitation, elle se tourna. Elle savait de toute façon que sa peine ne s'afficherait pas sur son visage. Elle avait appris à intérioriser la douleur. Pourtant, celle-ci était bien présente, physiquement tangible. Comme le jour où son frère lui avait balancé une batte de base-ball dans le ventre quand elle avait douze ans. *Je n'ai plus douze ans*, songea-t-elle. Elle lui rendit son sourire arrogant.

— Bonjour, Lucas. On m'a dit que tu étais là. Décidément, le Pine View Inn est un vrai nid à célébrités.

Il n'avait pas changé. Toujours aussi ténébreux, mince et viril. Exactement comme l'avait décrit Julia. Sa physionomie dégageait une certaine rudesse, accentuée par ses épais sourcils noirs et ses traits anguleux. Il ne pouvait être qualifié de beau. Non, cet adjectif était beaucoup trop fade pour Lucas McLean. Excitant, irrésistible, fatal. Voilà qui lui allait beaucoup mieux.

Ses yeux, aussi noirs que ses cheveux, étaient insondables. Il se tenait avec élégance et une grâce nonchalante innée. Il s'approcha d'elle, avec cette même virilité sauvage que par le passé.

Alors seulement elle remarqua à quel point il semblait exténué. Il avait le visage mal rasé, les yeux cernés. Les rides sur ses joues étaient plus marquées que dans son souvenir, et elle avait une excellente mémoire.

— Tu n'as pas du tout changé, déclara-t-il.

Tout en saisissant une mèche de ses cheveux, il riva son regard au sien. Comment avait-elle pu croire qu'elle avait tourné la page ? Aucune femme ne pouvait oublier Lucas. Par la seule force de sa volonté, elle s'efforça de lui renvoyer un regard indifférent.

— Toi, par contre, tu as une sale tête, répliqua-t-elle en ouvrant la porte. Tu devrais penser à dormir.

Lucas s'appuya contre le montant avant qu'elle n'ait pu traîner ses valises dans la chambre.

— J'ai du mal avec un de mes personnages, expliqua-t-il sans se démonter. C'est une créature grande et élancée, avec une chevelure châtaine aux reflets roux qui cascade dans son dos. Une femme aux hanches étroites et aux jambes interminables.

Elle s'arma de courage et se tourna face à lui, veillant toujours à ne rien laisser paraître de ses émotions.

— Elle a une bouche enfantine, poursuivit-il en scrutant la sienne un instant. Et un petit nez, qui contraste avec ses pommettes hautes et élégantes. Sa peau a l'éclat de l'ivoire, avec des touches de couleur juste sous la surface. Ses yeux aux longues paupières et aux cils immenses sont d'un vert qui tire à l'ambré, comme ceux d'un chat.

Sans rien dire, elle l'écouta poursuivre sa description d'elle. Elle lui adressa un regard indifférent, un regard qu'il n'aurait jamais vu sur son visage trois ans auparavant.

— Est-ce qu'il s'agit de la meurtrière ou du cadavre ? demanda-t-elle d'un ton sec.

A sa grande satisfaction, Lucas haussa les sourcils d'un air surpris, avant de les froncer.

— Je t'enverrai un exemplaire quand j'aurai terminé.

Il l'étudia encore un instant, puis un voile sembla tomber sur son visage, rendant son expression indéchiffrable. Cela non plus n'avait pas changé, songea-t-elle.

— Je t'en prie, fais donc, répliqua-t-elle.

Avec un effort surhumain elle parvint enfin à tirer ses valises jusque dans la chambre. Elle s'appuya ensuite contre la porte en souriant froidement.

— Tu vas devoir m'excuser, Lucas. J'ai roulé pendant des heures et je veux prendre un bain.

Sans hésiter, elle lui ferma la porte au nez.

Une fois seule, elle commença à s'affairer avec brusquerie. Elle devait ranger ses vêtements, se faire couler un bain et choisir une robe pour le dîner. Cela lui laisserait le temps de se ressaisir car ensuite, il lui faudrait affronter les souvenirs et les sentiments qui venaient de se réveiller en elle et qui ne lui laisseraient pas de répit. Quand elle enfila ses sous-vêtements et ses bas, elle avait retrouvé son sang-froid. Le pire était derrière elle. La première rencontre et la première conversation étaient sûrement les épreuves les plus difficiles. Elle avait vu Lucas, elle lui avait parlé et elle avait survécu. Ce succès la rendit imprudente. Pour la première fois en presque deux ans, elle lâcha la bride à ses souvenirs.

Elle avait été folle amoureuse. Au départ, sa mission avait été des plus ordinaire : réaliser un portrait de Lucas McLean, auteur de romans policiers. Le résultat : six mois de bonheur suivis d'une souffrance indescriptible.

Il l'avait tout simplement fascinée. Elle n'avait jamais rencontré quelqu'un comme lui et savait désormais qu'il était unique en son genre. Il édictait sa propre loi. Il s'était montré brillant, envoûtant, égoïste et caractériel. Elle avait été stupéfaite de voir qu'il s'intéressait à elle. Une fois le choc passé, elle avait flotté sur un nuage d'émerveillement, d'admiration… et d'amour.

Son arrogance était irrésistible, comme l'avait dit Julia. Il l'appelait parfois à 3 heures du matin, et le pire c'est qu'elle adorait cela. La dernière fois qu'il l'avait tenue dans ses bras, la couvrant de baisers exigeants, avait été aussi excitante que la première. Elle était tombée dans son lit comme un fruit mûr. Avec la liberté qui vient d'un amour aveugle et confiant, elle lui avait donné son innocence.

Il n'avait jamais dit les mots qu'elle rêvait d'entendre. Au départ, elle s'était convaincue qu'elle n'en avait pas besoin, que ces mots étaient sans importance. A la place, il y avait les bouquets de roses inattendus, les pique-niques surprise sur la plage, avec du vin servi dans des gobelets en carton, et les ébats passionnés. Qu'est-ce que des mots lui auraient apporté de plus ? Voilà ce qu'elle s'était dit jusqu'à ce que leur relation prenne fin brusquement, et dans la douleur.

Elle avait mis la distraction et les sautes d'humeur de Lucas sur le compte du livre qu'il était en train d'écrire. Elle n'imaginait même pas qu'il mourait tout simplement d'ennui. Elle avait pris l'habitude de venir chez lui le mercredi soir pour préparer le repas. C'était une soirée intime à laquelle elle tenait beaucoup. Lorsqu'elle était arrivée ce jour-là, il était vêtu avec élégance, et elle avait cru qu'il avait décidé d'ajouter une ambiance plus formelle à leur petit dîner tranquille.

— Chaton, qu'est-ce que tu fais ici ?

Surprise par la question, elle s'était contentée de le fixer en silence.

— Ah, on est mercredi, c'est ça ? avait-il repris.

Son ton était vaguement contrarié, comme s'il avait raté un rendez-vous chez le dentiste.

— J'avais complètement oublié. Malheureusement, j'ai prévu autre chose.

— Autre chose ? avait-elle répété sans comprendre.

— J'aurais dû te téléphoner, ça t'aurait évité de venir. Désolé, je suis sur le point de partir.

— De partir ?

— Je sors.

Il avait traversé la pièce tout en l'observant. Elle était restée debout, frissonnante. Personne n'avait les yeux aussi chaleureux, ou glacés, que Lucas McLean.

— Ne complique pas les choses, Autumn. Je ne veux pas te blesser plus que nécessaire.

Tandis que les larmes lui montaient aux yeux, elle avait secoué la tête, refusant d'admettre ce qui se passait. Sa réaction avait rendu Lucas furieux.

— Arrête ! Je n'ai pas de temps à perdre avec tes pleurnicheries. Tire un trait sur cette histoire. Dis-toi que ça te fait de l'expérience. Parce qu'on peut dire que tu en as bien besoin.

Avec un juron, il s'était éloigné pour allumer une cigarette. Elle était restée debout, immobile, à pleurer en silence.

— Arrête de te comporter comme une idiote, Autumn.

Son ton calme et inflexible était plus effrayant que sa colère. Au moins, la colère était une émotion.

— Quand quelque chose est terminé, on tourne la page, avait-il alors déclaré en pivotant vers elle et en haussant les épaules. C'est la vie.

— Tu ne veux plus de moi ?

Elle était docile et résignée, comme un chien qui attend les coups. Sa vue était trop embuée par les larmes pour distinguer l'expression de Lucas. Ce dernier était resté silencieux pendant quelques secondes.

— Ne t'inquiète pas, chaton, avait-il répondu d'une voix cruellement insouciante. D'autres voudront bien de toi.

Elle avait fait volte-face et s'était enfuie. Après cela, elle avait mis un an pour à se remettre, un an ne plus penser à lui dès son réveil. Mais elle avait survécu, songea-t-elle en revêtant une robe vert vif. Et elle continuerait à survivre. Elle était à peu près la même femme que celle qui était tombée amoureuse de Lucas, mais elle possédait désormais un vernis plus raffiné. Elle avait également perdu sa naïveté, et il faudrait plus que Lucas McLean pour la ridiculiser de nouveau. Elle rejeta la tête en arrière, satisfaite de la réaction qu'elle avait eue en le revoyant. A l'évidence, il avait été surpris.

Non, décidément, Autumn Gallegher n'était plus la petit idiote d'autrefois.

Ses pensées se tournèrent alors vers l'étrange brochette de clients de sa tante. Pourquoi ces gens riches et célèbres logeaient-ils dans cette auberge plutôt que dans un hôtel de luxe ? C'était assez étrange et en même temps, pourquoi pas ? Haussant légèrement les épaules, elle se dirigea vers la porte. Il était l'heure de dîner, et tante Tabby lui avait dit de ne pas être en retard.

Chapitre 2

Quand elle pénétra dans le salon, Autumn fut de nouveau légèrement décontenancée. Les personnes réunies dans la pièce n'étaient pas de celles qu'on s'attendait à trouver dans une auberge perdue au fin fond de la Virginie. Le groupe était des plus hétéroclite : un romancier primé, une actrice, un producteur, un homme d'affaires californien fortuné, un brillant chirurgien cardio-vasculaire et son épouse, une femme professeur d'art habillée en Saint Laurent. A peine arrivée, Autumn se retrouva au centre de l'attention. Sans lui laisser le temps de prendre ses marques, Julia se jeta sur elle pour faire les présentations. Elle était visiblement ravie du statut privilégié que lui donnait leur rencontre préalable. Autumn détestait être ainsi mise en avant, mais sa gêne fut vite remplacée par de l'amusement. Les descriptions que l'actrice avait faites un peu plus tôt étaient incroyablement précises.

Le Dr Robert Spicer était en effet un bel homme raffiné. Il approchait de la cinquantaine et débordait de vitalité. Il portait un coûteux cardigan vert avec des empiècements en cuir marron aux coudes. Sa femme, Jane, était telle que Julia l'avait décrite : passablement courtaude. Le petit sourire qu'elle adressa à Autumn dura deux secondes avant qu'elle ne reprenne l'expression renfrognée qui semblait gravée sur son visage. Elle se mit à jeter des regards noirs à son mari, qui accordait l'essentiel de son attention à Julia.

En les observant, Autumn n'éprouva aucune compassion pour Jane, ni aucun sentiment de condamnation à l'égard de Julia. Après tout, personne ne critiquait une fleur pour le fait d'attirer les abeilles. Le pouvoir d'attraction de l'actrice était tout aussi naturel et irrésistible.

Helen Easterman était séduisante, d'une façon chic et travaillée. Sa robe écarlate était très seyante, Autumn devait le reconnaître, mais elle détonnait dans le salon meublé avec simplicité. En contemplant son visage parfaitement maquillé, Autumn eut l'impression de voir un masque. En tant que photographe, elle connaissait les artifices et les secrets des cosmétiques. D'instinct, elle se tint à l'écart d'Helen.

En comparaison, Steve Anderson était le charme incarné. Comme Julia l'avait dit, il avait un physique avantageux typiquement californien et Autumn apprécia tout de suite son élégance sans apprêt. Il portait un pantalon en toile avec simplicité. Etant donné sa prestance, la tenue de soirée devait également lui aller à merveille. S'il choisissait de poursuivre une carrière politique, il avait toutes les chances d'aller très loin.

Julia n'avait fourni aucune description de Jacques LeFarre. Ce qu'Autumn savait de lui venait surtout des magazines people ou de ses films. Il était plus petit que ce qu'elle avait imaginé, faisant à peine sa taille, mais avec un physique sec et nerveux. Il avait les traits bien définis, et ses cheveux bruns repoussés en arrière dégageaient son front barré de trois rides. Elle fut séduite par sa moustache soignée et la façon dont il lui souleva la main pour y déposer un baiser au moment des présentations.

— Autumn, c'est moi qui joue les barmen en l'absence de George, déclara Steve Anderson en souriant. Que puis-je vous servir ?

— Une vodka Collins pas trop chargée, répondit Lucas à sa place.

Autumn renonça à l'idée de l'ignorer. Cela ne ferait qu'attirer l'attention.

— Ta mémoire s'est améliorée, remarqua-t-elle froidement.

— Tout comme ta garde-robe.

Il fit glisser un doigt le long du col de sa robe.

— Je me souviens qu'avant, elle se composait de jeans et de vieux pulls.

— J'ai grandi, répliqua-t-elle en lui rendant son regard calme et scrutateur.

— C'est ce que je vois.

— Ah, vous vous connaissez, intervint Jacques

LeFarre. Voilà qui est fascinant. Vous êtes de vieux amis ?

— De vieux amis ? répéta Lucas sans laisser à Autumn le temps de répondre.

Il la dévisagea d'un air amusé qui l'exaspéra.

— Est-ce que ça te semble être une description adéquate, chaton ?

— Chaton ? fit le producteur en fronçant les sourcils. *Ah oui*[1], à cause des yeux.

Ravi, Jacques LeFarre passa son index sur sa moustache.

— Tout à fait approprié. Qu'en penses-tu, *chérie* ? demanda-t-il en se tournant vers Julia, que la scène semblait divertir. Elle est ravissante, et sa voix est très agréable.

— Je l'ai déjà mise en garde contre toi, lança Julia, avant d'adresser un sourire radieux à Robert Spicer.

— Ah, Julia, ce n'est pas très gentil, reprocha Jacques doucement.

— Autumn travaille de l'autre côté de l'objectif, déclara Lucas. Elle est photographe.

Consciente que Jacques LeFarre ne l'avait pas lâchée des yeux depuis le début de la conversation, Autumn fut soulagée de voir Steve Anderson revenir avec sa boisson.

— Me voilà d'autant plus fasciné, s'exclama

1.Certains mots employés par Jacques LeFarre sont en français dans le texte. Ils sont indiqués en italiques.

Jacques LeFarre en prenant la main libre d'Autumn dans la sienne. Expliquez-moi pourquoi vous êtes derrière l'objectif et non devant. Vos cheveux ont déjà de quoi pousser des poètes à prendre la plume.

Aucune femme ne pouvait résister à des compliments susurrés avec un accent français, pas même elle. Autumn ne put s'empêcher de sourire.

— Je doute d'être capable de tenir en place assez longtemps.

— Les photographes ont leur utilité, déclara Helen Easterman de but en blanc.

Elle leva une main pour tapoter son casque de cheveux sombres et luisants.

— Une photo claire et nette est un outil inestimable... pour un artiste.

Un silence pesant s'ensuivit. Une soudaine tension envahit la pièce, tellement incongrue dans le salon douillet avec ses rideaux en chintz qu'Autumn crut un instant que son imagination lui jouait des tours. Helen Easterman quant à elle sourit dans le vide, tout en sirotant sa boisson. Elle balaya du regard le reste du groupe, sans s'arrêter sur personne.

Quelque chose isolait cette femme et la distinguait des autres convives. Des messages silencieux étaient échangés, mais Autumn était incapable de voir qui communiquait quoi à qui. Dieu merci, l'atmosphère s'allégea aussitôt quand Julia entama une conversation enjouée avec Robert Spicer, sauf que la mine revêche habituelle de Jane Spicer s'assombrit davantage.

Au grand soulagement d'Autumn, le dîner se déroula néanmoins dans la bonne humeur. Assise entre Jacques LeFarre et Steve, elle compléta son éducation en regardant Julia flirter en même temps avec Lucas et Robert Spicer. L'actrice était tout simplement sublime. Même si Autumn était mal à l'aise de voir Lucas répondre à son badinage, elle ne pouvait qu'admirer le talent de Julia. Son charme et sa beauté étaient envoûtants. Seule Jane Spicer gardait un silence boudeur.

Quelle femme ennuyeuse, songea Autumn. Mais d'un autre côté, comment réagirait-elle si c'était son mari à elle qui se laissait ensorceler de cette façon ? Contrairement à Jane Spicer, pour elle, l'action valait mieux que le silence. Autrement dit, elle arracherait les yeux de l'actrice. A l'idée de Jane la courtaude aux prises avec l'élégante Julia, elle sourit. Lorsqu'elle releva la tête, elle surprit le regard de Lucas sur elle.

Tout dans son expression exprimait l'amusement. Autumn l'ignora et se tourna vers son voisin.

— Trouvez-vous qu'il y ait beaucoup de différences dans l'industrie du cinéma aux Etats-Unis, monsieur LeFarre ?

— Appelez-moi Jacques.

Quand il sourit, les pointes de sa moustache se relevèrent.

— Il y a des différences, oui, reprit-il. Je dirais que les Américains sont plus… audacieux que les Européens.

Elle haussa les épaules en souriant.

— Peut-être parce que nous sommes un mélange de nationalités. Elles ne sont pas édulcorées, seulement américanisées.

— Américanisées, répéta Jacques, testant le mot d'un air approbateur.

Un large sourire se dessina sur ses lèvres, plus sincère, moins policé qu'avant.

— Oui, je dirais que je me sens américanisé en Californie.

— Mais la Californie n'est qu'un aspect de ce pays, intervint Steve Anderson. Et Los Angeles ou la Californie du Sud ne sont pas particulièrement représentatifs.

Son regard s'attarda sur les cheveux d'Autumn. Cette marque d'intérêt la troubla légèrement, pour son plus grand plaisir. Cela prouvait qu'elle était toujours une femme, sensible aux hommes. Et pas à un *seul* en particulier.

— Avez-vous déjà été en Californie, Autumn ?

— J'y ai vécu… il y a quelque temps.

Etait-ce sa réaction face au flirt de Steve Anderson, ou le besoin de se prouver quelque chose ? Toujours est-il que quelque chose la poussa à tourner les yeux en direction de Lucas. Leurs regards se croisèrent et restèrent rivés l'un à l'autre un bref instant.

— J'ai emménagé à New York il y a trois ans, acheva-t-elle, consciente que son silence était impoli pour Steve Anderson.

— Il y avait une famille new-yorkaise ici avant votre arrivée, déclara celui-ci.

S'il remarqua son échange muet avec Lucas, il n'en montra rien. Comme un bon politicien, songea-t-elle.

— Ils sont partis ce matin. La femme était une de ces personnes vigoureuses qui ont de l'énergie à revendre. Elle en avait bien besoin, ajouta-t-il avec un sourire qui n'était réservé qu'à Autumn. Elle avait trois garçons, des triplés. Je crois qu'ils avaient onze ans.

— Oh ! quels gamins insupportables ! s'exclama Julia.

Elle délaissa Robert Spicer pour reporter son attention de l'autre côté de la table. Elle leva les yeux au ciel.

— Ils couraient partout comme des petits singes. Encore pire, on ne savait jamais lequel passait en trombe ou sautait en l'air. Ils faisaient tout en triple exemplaire.

Elle frissonna et leva son verre d'eau.

— Et ils mangeaient comme des ogres.

— Courir et manger, ça fait partie de l'enfance, déclara Jacques en secouant la tête. Julia est née à vingt et un ans, belle comme un ange.

— Tous ceux qui ont des bonnes manières sont nés à vingt et un ans. La beauté, c'était en prime, répliqua l'actrice, les yeux rieurs. Jacques adore les enfants, confia-t-elle à Autumn. Il en a trois spécimens à lui.

Curieuse et un peu étonnée par cette révélation, Autumn se tourna vers le producteur. Elle n'avait jamais pensé à Jacques LeFarre autrement que dans le cadre de son métier.

— Moi aussi, je les adore, déclara-t-elle avec un sourire en direction de Jacques. Quel genre de spécimens ?

— Des garçons, répondit-il.

Il y avait de la tendresse dans ses yeux. Une tendresse qu'elle trouva curieusement touchante.

— A eux trois, ils forment une échelle.

Avec la main, il imita des marches imaginaires.

— Sept, huit et neuf ans. Ils vivent en France avec ma femme… mon ex-femme.

Ses sourcils se froncèrent un instant, mais très vite il retrouva son habituel air affable. Mais ce brusque instant de mélancolie n'échappa pas à Autumn. Voici donc comment les rides s'étaient creusées sur son front.

— Jacques veut même obtenir la garde de ces petits monstres.

L'expression de Julia était plus tolérante que ses mots, et ses yeux étaient remplis d'affection.

— Même si je mets en doute ta santé mentale, Jacques, je suis bien obligée d'admettre que tu es un meilleur parent que Claudette.

— Les procédures concernant le droit de garde sont des affaires délicates, lâcha Helen Easterman, depuis l'autre bout de la table.

Tout en buvant une gorgée d'eau, elle braqua ses

petits yeux perçants sur Jacques, comme si elle écartait tous les autres convives de son champ de vision.

— C'est vraiment important qu'aucune information… gênante ne remonte à la surface.

La tension rejaillit d'un coup. Autumn sentit Jacques se raidir à côté d'elle. Mais il y avait autre chose. Des émotions sous-jacentes circulaient le long de la table en pin, intangibles, mais perceptibles. Instinctivement, Autumn chercha le regard de Lucas. Mais il portait le masque dur et impassible qu'elle avait trop souvent vu par le passé.

— Les repas servis par votre tante sont vraiment délicieux, mademoiselle Gallegher.

Avec un étrange sourire satisfait, Helen Easterman fixait maintenant son attention sur Autumn.

— Oui, bafouilla-t-elle dans le silence pesant. Tante Tabby accorde beaucoup d'importance à la nourriture.

— Tante Tabby[1] ?

Le rire profond de Julia dissipa la tension qui régnait dans la pièce.

— Comme c'est adorable, s'exclama-t-elle. Savais-tu qu'Autumn avait une tante au nom « félinesque » quand tu l'as baptisée chaton, Lucas ?

Julia fixa Lucas de ses grands yeux candides. En la voyant, Autumn se rappela aussitôt un film dans lequel l'actrice avait joué un rôle d'ingénue à la perfection.

1. « Tabby » signifie « chat tigré ».

— Lucas et moi ne nous connaissions pas assez pour évoquer nos familles respectives.

Autumn avait parlé d'une voix légère et insouciante. Parfait, elle maîtrisait la situation. Elle en fut d'autant plus satisfaite qu'elle vit Lucas froncer légèrement les sourcils.

— En fait, répliqua-t-il en se reprenant rapidement, nous étions trop occupés pour discuter de nos arbres généalogiques.

Il lui décocha un sourire qui fit vaciller ses défenses et battre son cœur un peu trop rapidement. Il ne fallait pas qu'elle sous-estime Lucas…

— De quoi parlions-nous à l'époque, chaton ?

— J'ai oublié, murmura-t-elle, consciente qu'elle avait perdu son avantage avant même d'en avoir profité. C'était il y a longtemps.

Heureusement, elle n'eut pas à aller plus loin : tante Tabby entra avec un air affairé, prête à servir son fameux *cobbler.*

Dans le salon, la chaîne stéréo diffusait de la musique et un feu flambait doucement dans la cheminée. Si Autumn avait pu l'immortaliser sur pellicule, cette scène aurait évoqué une ambiance détendue et conviviale. Steve Anderson et Robert Spicer étaient penchés sur un échiquier, tandis que Jane Spicer feuilletait un magazine avec son air éternellement mécontent. Même sans son œil exercé de photographe, Autumn voyait que la femme du médecin aurait dû éviter de porter du marron.

Elle ne put s'empêcher de jeter un coup d'œil en direction de Lucas, affalé sur le canapé. Il avait le don de se détendre avec une nonchalance qui ne tournait jamais à l'apathie. Une partie de lui semblait toujours sur le qui-vive, avec une énergie frémissante, juste sous la surface. Elle le connaissait : il observait les gens sans en avoir l'air. Ce n'était pas pour éviter de les mettre mal à l'aise, parce qu'il s'en moquait. C'était simplement un de ses talents. En les regardant ainsi à leur insu, il pouvait apprendre leurs secrets. Il était un écrivain compulsif, qui créait ses personnages à partir de la nature humaine. Et sans la moindre indulgence, elle était bien placée pour le savoir.

Pour l'instant, il semblait absorbé par sa conversation avec Julia et Jacques, qui étaient assis de chaque côté de lui. Ils parlaient avec une aisance qui ne pouvait découler que d'une grande complicité. Mais ne venait-il pas du même monde ?

Un monde qui n'était pas le sien, songea-t-elle, un peu amère. Elle avait fait semblant d'en faire partie pendant quelque temps, tout comme elle avait prétendu que Lucas était à elle. Elle avait eu raison de lui dire qu'elle avait grandi. Jouer à faire comme si, c'était bon pour les enfants.

Pourtant, alors qu'elle les observait tous, les uns et les autres, il lui semblait que c'était bien une sorte de jeu qui était en train de se tramer dans cette pièce. Un vague malaise flottait sur cette image de convivialité, comme en surimpression. Elle était suffisamment attentive aux contrastes pour s'en rendre compte. Mais c'était un jeu dont ils ne lui avaient pas expliqué les règles. Tant mieux, elle ne voulait pas y prendre part.

Avec un mot d'excuse, elle sortit du salon.

La tension qui l'habitait s'évanouit dès qu'elle entra dans le bureau de sa tante.

— Oh ! Autumn.

Tante Tabby ôta ses lunettes et les laissa pendre à leur chaîne autour de son cou.

— J'étais en train de lire une lettre de ta mère. J'avais oublié qu'elle était là jusqu'à maintenant. Elle écrit que le temps que je la lise, tu seras arrivée. Et te voilà.

Elle tapota la main de sa nièce en souriant.

— Debbie a toujours été intelligente. As-tu aimé le rôti, ma chérie ?

— C'était délicieux, tante Tabby. Merci.

— Nous en mangerons une fois par semaine tant que tu seras parmi nous.

Autumn sourit, avec une pensée pour les spaghettis dont elle raffolait. Paul y avait sûrement droit lors de ses visites, songea-t-elle.

— Je vais me faire une note, sinon ça va me sortir de la tête.

Les notes de tante Tabby étaient célèbres pour leur faculté à disparaître dans une autre dimension.

Autumn sentit l'espoir renaître en elle. Peut-être aurait-elle ses fameux spaghettis…

— Où sont mes lunettes ? murmura sa tante en plissant son front incroyablement lisse.

Elle se leva et farfouilla sur son bureau, soulevant des papiers et regardant sous les livres.

— Elles ne sont jamais où je les ai laissées.

Réprimant un sourire, Autumn souleva les lunettes qui reposaient sur la poitrine de sa tante et les lui posa sur le nez. Après avoir cligné des yeux, tante Tabby sourit distraitement.

— N'est-ce pas étrange ? remarqua-t-elle. Elles étaient là depuis le début. Tu es aussi intelligente que ta mère.

Etrangement émue soudain, Autumn ne put se retenir de la serrer dans ses bras.

— Tante Tabby, je t'adore !

— Tu as toujours été une gentille petite.

Tante Tabby lui tapota la joue, puis s'éloigna de quelques pas, laissant un parfum de lavande et de talc dans son sillage.

— J'espère que tu aimes ta surprise.

— Je suis sûre que je vais l'aimer.

— Tu ne l'as pas encore vue ? demanda-t-elle avec une petite moue. Non, je suis sûre de ne pas te l'avoir montrée, alors tu ne peux pas savoir si tu l'aimes. Avez-vous eu une agréable conversation, toi et Mlle Bond ? Quelle dame charmante. Je crois qu'elle travaille dans le show-business.

Autumn ne put retenir un sourire amusé. Tante Tabby était vraiment unique en son genre.

— Oui, en effet, répondit-elle. Je l'admire depuis toujours.

— Oh ! tu l'avais déjà rencontrée ? demanda sa tante d'un air absent, tout en rangeant les papiers sur son bureau dans son ordre bien à elle. Je ferais mieux de te la montrer maintenant, tant que j'y pense.

Autumn avait de plus en plus de mal à suivre le raisonnement de tante Tabby. Cela ne lui avait pourtant jamais posé de problème. C'était sans doute parce que sa dernière visite remontait à un an…

— Me montrer quoi, tante Tabby ?

— Allons, ce ne serait pas une surprise si je te le disais.

Taquine, tante Tabby agita un doigt sous son nez.

— Tu vas devoir être patiente et m'accompagner.

Autumn la suivit hors de la pièce. Elle dut ralentir le pas pour rester à son niveau. Sans doute à cause de sa minceur et de ses longues jambes, elle avait une démarche rapide et déliée. Sa tante, elle, avançait précipitamment, à un rythme irrégulier. Comme un lapin qui déboule sur la route et ne sait plus par où aller. Elle écouta d'une oreille distraite tante Tabby marmonner quelque chose concernant des draps, tandis que ses pensées se tournaient malgré elle vers Lucas.

— Nous y voilà, déclara tante Tabby en s'arrêtant devant une porte, un sourire chargé d'espoir sur le visage.

Si elle avait bonne mémoire, cette porte s'ouvrait sur une pièce qui faisait office de débarras. Et c'était en effet l'endroit idéal pour ranger les produits d'entretien, puisqu'il jouxtait la cuisine.

— Eh bien…, fit sa tante, la mine rayonnante. Qu'en penses-tu ?

Après un instant de flottement, elle comprit que son mystérieux cadeau devait se trouver à l'intérieur.

— Est-ce que ma surprise est dans cette pièce, tante Tabby ?

— Mais quelle idiote je fais ! s'exclama celle-ci en faisant claquer sa langue. Tu ne sauras pas de quoi il s'agit tant que je n'ouvrirai pas la porte.

Sur cette remarque d'une logique implacable, elle tourna la poignée.

Une fois la lumière allumée, Autumn resta médusée. Au lieu des balais, des serpillières et des seaux qu'elle s'attendait à voir, elle découvrit une chambre noire bien équipée. Tout le matériel nécessaire était soigneusement rangé devant elle. Elle était si surprise qu'elle ne put prononcer le moindre mot.

— Alors, qu'en penses-tu ? répéta tante Tabby avant de faire le tour de la pièce, s'arrêtant de temps en temps pour observer les bouteilles de révélateur, les pinces et les bacs. Tout ça m'a l'air tellement technique et scientifique…

Elle fronça les sourcils en voyant l'agrandisseur et pencha la tête sur le côté.

— Je n'y comprends vraiment rien du tout.

— Oh ! tante Tabby ! s'exclama Autumn lorsqu'elle retrouva l'usage de ses cordes vocales. Tu n'aurais pas dû.

— Oh non… Quelque chose ne convient pas ? Nelson m'a dit que tu développais toi-même tes pellicules. L'entreprise qui a installé tout ça ici m'a assuré que tout était conforme. Mais c'est sûr que je n'y connais rien, conclut-elle d'une voix chevrotante.

En voyant sa tante si bouleversée, Autumn sentit une bouffée d'affection l'envahir.

— Non, tante Tabby, c'est parfait. C'est merveilleux, affirma-t-elle en la prenant dans ses bras. Ce que je voulais dire, c'est que tu n'aurais pas dû faire tout ça pour moi. Tu t'es donné du mal, et les dépenses…

— Oh ! ce n'est que ça ? l'interrompit sa tante.

Son désarroi s'envola, et elle regarda autour d'elle, l'air ravi.

— Ça ne m'a demandé aucun effort. Ces gentils jeunes gens sont venus et ont fait tout le travail. Quant aux dépenses…

Elle haussa ses épaules rondes.

— Je préfère que tu profites de mon argent maintenant plutôt qu'après ma mort.

Autumn sentit une intense émotion l'envahir. Parfois, même les esprits un peu fantasques parvenaient à faire preuve de rationalité.

— Tante Tabby, fit-elle en lui prenant la tête entre les mains. On ne m'a jamais fait une surprise aussi fantastique. Merci.

— Profites-en bien, alors.

Elle embrassa sa tante avec effusion. Cette dernière rougit de plaisir avant de regarder de nouveau les bacs et les produits chimiques.

— J'imagine que tu ne risques pas de faire exploser quoi que ce soit.

Sachant que ce n'était pas un mot d'esprit, mais plutôt l'expression de son inquiétude, Autumn la rassura. Pleinement satisfaite, tante Tabby s'éloigna, laissant Autumn seule explorer son nouveau domaine.

Pendant plus d'une heure, elle examina dans le détail la surprise de sa tante. C'était si bon de se retrouver en territoire connu… La photographie, de simple passe-temps quand elle était enfant, était devenue à la fois son art et son métier. Les substances chimiques et l'équipement compliqué n'avaient aucun secret pour elle. Ici, dans une chambre noire, ou avec un appareil photo dans les mains, elle savait exactement qui elle était et ce qu'elle voulait. Grâce à la photo, elle avait appris la discipline et la maîtrise de soi. Des qualités qui allaient lui servir pour affronter ses difficiles retrouvailles avec Lucas… Non, elle n'était plus la jeune fille innocente prête à obéir au moindre de ses gestes. Elle était une professionnelle, dont la réputation commençait à s'établir dans le milieu. Elle devait se raccrocher à cela, comme elle le faisait depuis trois ans. Il était hors de question de retomber dans les erreurs du passé.

Après avoir réorganisé la chambre noire à sa convenance, elle retourna dans la cuisine pour se faire une tasse de thé. La lune était ronde et blanche, voilée par un léger nuage. Elle sentit un frisson glacé la parcourir. L'étrange sensation qu'elle avait ressentie plusieurs fois au cours de la soirée l'envahit de nouveau. Elle fronça les sourcils. Etait-ce son imagination ? Elle se connaissait assez bien pour savoir qu'elle n'en était pas dépourvue. Cela faisait partie de son art. Mais cette fois, c'était différent.

La présence de Lucas à l'auberge l'avait perturbée, et ses émotions étaient sens dessus dessous. Et cela n'allait pas du tout ! C'était sans doute la seule cause de cette étrange sensation d'anxiété. Elle versa le reste de thé dans l'évier, convaincue qu'une bonne nuit de sommeil la remettrait d'aplomb.

La maison était silencieuse. Le clair de lune filtrait par les fenêtres, laissant les recoins dans l'ombre. Le salon était plongé dans l'obscurité, mais alors qu'elle le traversait en direction de l'escalier, elle entendit des voix étouffées. Elle hésita un instant, prête à s'arrêter et à souhaiter une bonne nuit aux occupants. Mais elle comprit rapidement qu'il s'agissait d'une dispute, et non d'une simple conversation. La colère était perceptible dans les voix indistinctes et asexuées. Les mots inaudibles avaient un débit rapide et passionné. Elle s'éloigna, peu désireuse d'être témoin d'une querelle. Un juron en français résonna, empreint de fureur.

Elle monta les marches en retenant un sourire. Jacques devait sûrement perdre patience face à l'obstination artistique de Lucas. Par pure malveillance, elle espéra que le producteur allait contraindre Lucas à lui obéir.

Mais une fois dans le couloir menant à sa chambre, elle comprit son erreur. Même un homme aussi extraordinaire que Lucas McLean ne pouvait être à deux endroits en même temps. Et il était bien ici, sans le moindre doute. Sur le pas d'une porte, Lucas et Julia Bond étaient unis dans une étreinte passionnée.

Mieux que personne sans doute, elle connaissait le goût de sa bouche, la pression de ses bras. Elle s'en souvenait parfaitement, comme si les années n'avaient pas réussi à émousser les sensations. Elle savait comment il aimait glisser la main le long du dos, avant de l'enrouler autour du cou, avec des doigts dénués de douceur. Lucas était avare de gestes tendres.

Elle n'avait pas à s'inquiéter d'être vue. Lucas et Julia étaient complètement absorbés l'un par l'autre. Le toit aurait pu leur tomber sur la tête qu'ils seraient restés dans la même position. La douleur la submergea, intense et violente, comme un raz-de-marée.

Elle pressa le pas pour les dépasser et laissa libre cours à sa jalousie en claquant la porte.

Chapitre 3

Autumn prit une grande inspiration. Quelle belle matinée ! Une profonde tranquillité régnait dans la forêt, seulement rompue par le chant des oiseaux. Des odeurs revigorantes flottaient dans l'air frais du matin. A l'est, le ciel était parsemé de nuages blancs qui s'effilochaient. Faisant appel à tout son optimisme, elle se concentra sur eux et préféra ignorer leurs voisins, bien plus menaçants à l'ouest. A la cime des montagnes, le ciel était encore strié de rouge. Il pâlit doucement, devenant rose, puis bleu.

Une belle lumière illuminait la forêt. Les feuilles, qui n'étaient pas assez denses pour bloquer le soleil, parsemaient les arbres de touches de vert. La brise faisait ployer les branches et soulevait ses cheveux. Il y avait du printemps dans l'air.

Elle savourait cet étonnant spectacle que celui de la nature au réveil. Des violettes sauvages sortaient déjà de terre, leur couleur tranchant avec celle de la mousse. Un merle d'Amérique marchait d'un air important sur le sol, à la recherche d'un ver. Des écureuils montaient et descendaient le long des arbres, ou trottinaient sur les feuilles mortes de l'année précédente.

En se réveillant, elle avait décidé de marcher jusqu'au lac, dans l'espoir de surprendre un cerf en train de s'abreuver. D'un pas tranquille, elle déambulait, en communion avec la nature, savourant la solitude.

A New York, elle n'était jamais vraiment seule. Elle se sentait parfois esseulée, mais jamais solitaire. La ville lui imposait son rythme. A présent, perdue au milieu des montagnes et des arbres, elle comprenait à quel point elle avait besoin de cette solitude pour se ressourcer. Depuis qu'elle avait quitté la Californie et Lucas, elle ne s'était jamais laissé l'occasion d'être seule. Elle avait rempli le vide qu'elle ressentait avec des gens, du travail, du bruit… tout ce qui lui permettait de s'occuper l'esprit. Elle avait profité de l'agitation de la ville. Désormais, elle voulait s'adapter au calme des montagnes.

Au loin, le lac miroitait. Le paysage se reflétait dans l'eau, comme une image inversée un peu floue. Aucun cerf n'était visible, mais en approchant, elle aperçut deux silhouettes sur la rive opposée. La crête sur laquelle elle se trouvait était à une quinzaine de mètres au-dessus de la petite vallée. La vue était spectaculaire.

Le lac faisait environ trois cents mètres de long et deux cents mètres de large. Le vent qui faisait voleter ses cheveux ne soufflait pas en contrebas, la surface était donc parfaitement lisse. L'eau opaque prenait peu à peu une teinte plus sombre jusqu'au milieu du lac, indiquant des profondeurs dangereuses.

Totalement accaparée par ses choix d'angles, de profondeurs de champ et de vitesses d'obturation, elle oublia les deux marcheurs. De toute façon, ils étaient trop loin pour qu'elle puisse les reconnaître.

Tandis que le soleil continuait sa progression dans le ciel, elle enchaîna les photos avec ravissement, ne s'arrêtant que pour changer de pellicule. C'est en mettant le rouleau en place qu'elle remarqua que les abords du lac étaient désormais déserts. Elle se rendit compte également que la lumière n'était pas idéale pour l'ambiance qu'elle recherchait. Mieux valait qu'elle retourne à l'auberge elle aussi.

Le calme qui régnait dans la forêt semblait différent. Le soleil brillait plus fort, mais elle éprouvait une inquiétude étrange qu'elle n'avait pas ressentie dans la pâle lueur de l'aube. Elle ne put s'empêcher de regarder par-dessus son épaule. Quelle idiote elle faisait ! Qui donc pourrait la suivre ? Et pourquoi ? Malgré tout, la sensation persista.

Inquiète maintenant, elle refréna le désir impulsif de courir vers l'auberge, où elle trouverait du monde et du café chaud. Elle n'était pas une enfant terrorisée par des ogres ou des gnomes. Pour se prouver qu'elle n'était pas affectée par son imagination délirante, elle s'obligea même à s'arrêter. Accroupie, elle prit plusieurs clichés d'un écureuil coopératif.

En entendant un bruissement de feuilles mortes derrière elle, elle se releva d'un bond, terrifiée.

— Alors, chaton, toujours vissée à ton appareil photo ?

Le sang battant à ses tempes, elle dévisagea Lucas. Debout devant elle, il avait les mains enfoncées dans les poches de son jean. Pendant un instant, elle garda le silence, la terreur qu'elle venait de ressentir la rendait littéralement muette.

— Qu'est-ce qui te prend de t'approcher en douce comme ça ? finit-elle par s'exclamer d'un ton furieux.

Elle était contrariée d'avoir eu peur, et fâchée que ce soit à cause de lui. Elle repoussa ses longues mèches en arrière et lui jeta un regard noir.

— Je constate que tu as enfin le tempérament qui correspond à tes cheveux, déclara-t-il avec nonchalance.

Il avança de quelques pas, s'arrêtant tout près d'elle. Mais ce qu'il ignorait c'était qu'elle avait également gagné en amour-propre, et elle refusa de reculer.

— Un tempérament qui se manifeste tout particulièrement quand on me gâche une photo.

Mieux valait prétendre que sa réaction était due à l'ingérence de Lucas dans son travail. Elle n'allait pas lui faire le plaisir de confesser sa peur.

— Tu as l'air un peu nerveuse. C'est moi qui te fais cet effet-là ?

Cet homme pouvait parfois être si exaspérant !

Ses cheveux noirs bouclaient en désordre autour de son visage mince et ses yeux débordaient d'assurance. C'était sa confiance en lui qui l'agaçait le plus.

— Ne prends pas tes rêves pour des réalités, rétorqua-t-elle. Je ne me rappelais pas que tu étais adepte des balades matinales, Lucas. Est-ce que tu t'es découvert une passion pour la nature ?

— J'ai toujours eu un faible pour la nature.

Tandis qu'il l'étudiait, un sourire se dessina sur ses lèvres.

— J'ai toujours eu un penchant pour les pique-niques.

A ces mots, elle sentit une douleur sourde se réveiller dans son ventre. Elle se souvenait du sable sous ses jambes, du goût du vin sur sa langue et de l'odeur de l'océan tout autour d'elle. Elle se força à garder son regard rivé au sien.

— Moi, plus du tout.

Elle commença à s'éloigner, mais il lui emboîta le pas.

— Je ne compte pas rentrer directement, l'informa-t-elle.

Son ton glacial aurait découragé n'importe qui d'autre. Elle s'arrêta pour prendre une photo décentrée d'un geai bleu.

— Je ne suis pas pressé, répondit-il calmement. J'ai toujours aimé te regarder travailler. C'est fascinant de te voir aussi absorbée par ce que tu fais. Tu pourrais photographier un rhinocéros en train de charger sans bouger d'un pouce pour obtenir le cliché parfait.

Il marqua une légère pause, mais elle refusa de lui faire face.

— J'ai vu la photo que tu as prise de ce taudis brûlé à New York, reprit-il après un instant de silence. Elle était remarquable. Dure, sans fioritures et désespérée.

Méfiante, elle se tourna enfin vers lui. En général, Lucas était plutôt avare de compliments. « Dure, sans fioritures et désespérée »… Il avait choisi ces mots avec soin. Elle constata avec déplaisir que son opinion comptait toujours pour elle.

— Merci, répondit-elle, avant de tourner son objectif vers un bouquet d'arbres. Est-ce que tu as toujours du mal avec ton livre ?

— Plus que je ne l'avais prévu, marmonna-t-il, avant de saisir les cheveux d'Autumn à pleines mains. Je n'ai jamais pu y résister, n'est-ce pas ?

Elle regarda au loin et lui répondit par un haussement d'épaules distrait.

— Je n'ai jamais vu une femme avec des cheveux comme les tiens, poursuivit-il. Pourtant, j'ai cherché, mais la nuance n'est jamais la bonne, et quand ce n'est pas la couleur, c'est la texture, ou la longueur.

Elle reconnaissait ce ton dans sa voix. C'était celui qu'il prenait quand il voulait séduire. Aussitôt, elle se crispa.

— Ils sont spéciaux. Une cascade de feu en plein

soleil, une masse profonde et éclatante éparpillée sur un oreiller.

— Tu as toujours été doué pour les descriptions, déclara-t-elle d'une voix qu'elle espérait détachée, vaguement ennuyée même.

Elle ajusta son objectif sans avoir la moindre idée de ce qu'elle faisait. Elle pria pour qu'il s'en aille, mais il raffermit sa prise sur ses cheveux. D'un mouvement fluide, il la fit pivoter et lui arracha l'appareil des mains.

— Bon Dieu, ne me parle pas sur ce ton. Et ne me tourne pas le dos. Ne me tourne jamais le dos.

Elle se souvenait bien de son expression sombre et de son caractère changeant. A une époque, y être confrontée suffisait pour la liquéfier sur place. Mais plus maintenant. Pas cette fois.

— Les jurons et les menaces, ça ne me fait plus rien, Lucas, fit-elle en relevant le menton. Pourquoi ne vas-tu pas plutôt faire assaut de charme auprès de Julia ? Moi, ça ne me dit rien.

— Alors, c'était toi.

Son humeur changea brusquement, et il lui adressa un sourire amusé.

— Pas la peine d'être jalouse. C'est la dame qui a lancé la manœuvre, pas moi.

— Oui, j'ai bien remarqué les efforts que tu faisais pour la repousser.

Les mots étaient à peine sortis qu'elle les regrettait déjà. Contrariée, elle voulut s'écarter, mais il la rapprocha de lui. Malgré elle, son odeur excitait ses sens et lui rappelait des choses qu'elle aurait préféré oublier.

— Ecoute, Lucas, articula-t-elle lentement, tandis qu'un sulfureux mélange de colère et de désir montait en elle. Il m'a fallu six mois pour me rendre compte que tu étais un vrai salaud, et j'ai eu trois ans pour assimiler cette vérité. Je suis une grande fille, maintenant. Tes charmes me laissent froide. A présent, lâche-moi et fiche-moi la paix.

— Tu as appris à mordre, n'est-ce pas, chaton ?

Elle constata avec fureur que l'expression de Lucas était plus amusée que vexée. Il fixa sa bouche pendant quelques secondes avant de relever les yeux.

— Tu n'es plus malléable comme avant, mais tu es toujours aussi fascinante.

Ces mots lui firent plus mal qu'elle ne l'aurait cru possible, et elle perdit son sang-froid. Elle se mit à l'accabler de reproches et d'injures.

Le rire de Lucas lui fit l'effet d'un coup de poing en plein ventre. Elle s'interrompit net et tenta de le gifler. Mais il fut plus rapide et plus habile ; sans prévenir, il la plaqua contre lui et s'empara de ses lèvres avec une fièvre à la fois punitive et possessive.

Aussitôt, un désir désespéré, le même qu'autrefois, remonta à la surface, menaçant de la submerger. Après trois ans, elle avait trop faim de lui pour résister. Sans hésiter, elle lui passa les bras autour du cou et entrouvrit les lèvres. Il l'embrassa brutalement, mais elle accueillit la douleur avec plaisir et en réclama encore plus. C'était comme si son sang bouillonnait de nouveau dans ses veines. Lucas couvrit son visage de baisers avant de revenir à sa bouche. Et elle se sentait succomber à ses exigences, prête à aller encore plus loin. Le temps semblait s'être arrêté, mais elle revint brutalement sur terre lorsqu'il cessa de l'embrasser.

Ses yeux étaient opaques, assombris par une passion qu'elle connaissait bien. Il desserra sa prise. Elle avait encore le goût de ses lèvres sur les siennes.

— C'est toujours là, chaton, murmura-t-il en lui passant les doigts dans les cheveux avec familiarité. C'est toujours là…

Une bouffée de souffrance mêlée d'humiliation l'envahit soudain. Elle s'écarta brusquement et leva la main pour tenter une nouvelle fois de le gifler, mais il attrapa son poignet au vol. Frustrée, elle poussa un petit cri et leva l'autre main. Mais il avait de bons réflexes. Les deux mains emprisonnées, elle se débattit, folle de rage et le souffle court. Des larmes lui brûlaient les yeux et la gorge, mais elle refusait de les laisser couler. Il ne la ferait pas pleurer. Elle ne lui donnerait pas ce plaisir-là, pas cette fois.

Lucas la regardait faire sans rien dire. Dans la forêt silencieuse, le bruit de sa respiration était le seul son audible. Quand elle réussit enfin à parler, sa voix était dure et froide.

— Il y a une différence entre l'amour et le désir, Lucas. Même toi, tu devrais le savoir. Ce qui vient de se passer est peut-être la même chose pour toi, mais pas pour moi. Je t'aimais. Je *t'aimais.*

Dans leur répétition même, ces mots étaient une accusation. Lucas fronça les sourcils, son regard se fit plus intense.

— Tu m'as tout pris d'un coup, poursuivit-elle. Mon amour, mon innocence, ma fierté. Et puis tu me les as renvoyés dans la figure. Tu ne peux plus les récupérer. Le premier est mort, la deuxième a disparu et la troisième m'appartient.

Pendant un instant, ils restèrent immobiles. Lentement, sans détourner le regard, il relâcha ses poignets. Une expression indéchiffrable sur le visage, il garda le silence.

Autumn s'éloigna le plus lentement possible. Elle aurait bien aimé prendre ses jambes à son cou, mais il n'était pas question de perdre la face. Puis quand elle fut certaine qu'il ne la suivait pas, elle laissa enfin couler ses larmes. Ce qu'elle avait dit sur sa fierté et son innocence était vrai. Mais son amour était loin d'être mort. Au contraire, il était douloureusement vivant.

En apercevant les murs de brique de l'auberge un peu plus loin, elle essuya ses joues. Mieux valait ne pas s'appesantir sur la situation. Elle n'allait pas ruminer pendant des heures. Le fait d'aimer Lucas n'avait rien changé trois ans auparavant et ne changeait rien aujourd'hui. Mais elle n'était plus la même. Il n'était pas près de la revoir en larmes, vulnérable… et malléable, pour reprendre son expression.

La désillusion lui avait donné de la force. Il pouvait encore la blesser, elle s'en était vite rendu compte, mais il ne pouvait plus la manipuler comme avant. Malgré tout, leur confrontation l'avait secouée, et elle fut contrariée de voir Helen Easterman approcher par un chemin sur sa droite.

Elle ne pouvait pas l'éviter sans faire preuve de grossièreté. A contrecœur, elle plaqua un sourire sur ses lèvres, qui s'effaça aussitôt qu'Helen Easterman tourna la tête vers elle. Une vilaine ecchymose ornait son œil.

— Que vous est-il arrivé ? demanda-t-elle d'un ton inquiet.

Et il y avait de quoi. La taille de l'hématome était impressionnante.

— Je me suis cognée à une branche.

Helen Easterman eut un haussement d'épaules dédaigneux, tout en touchant la contusion du bout des doigts.

— Je vais devoir faire plus attention à l'avenir.

Ses difficiles retrouvailles avec Lucas la rendaient peut-être plus sensible que d'habitude, mais Autumn crut discerner un sens caché dans la phrase. Le ton de cette femme semblait chargé de sous-entendus, elle l'aurait juré. Son regard exprimait une terrible colère. Quant à la marque, elle semblait plus due à une main violente qu'à une branche. Mais cela n'avait aucun sens. Qui aurait pu frapper Helen

Easterman ? Et pourquoi mentirait-elle sur ce qui lui était arrivé ? Son explication semblait plus logique. Une branche, voilà tout.

— Ce bleu n'est pas très joli, dit-elle, tandis qu'elles marchaient vers l'auberge. Vous devriez vous en occuper. Tante Tabby a sûrement quelque chose pour soulager la douleur.

— Oh ! mais j'ai bien l'intention de m'en occuper, marmonna Helen Easterman, avant de sourire en la fixant de ses yeux perçants. Je sais exactement ce que je dois faire. Vous êtes sortie prendre des photos ?

Autumn hocha la tête, tout en s'efforçant d'ignorer le malaise que les remarques de cette femme faisaient naître en elle.

— J'ai toujours trouvé que les gens étaient des sujets plus intéressants que les arbres, déclara Helen Easterman. J'ai un faible pour les clichés pris sur le vif.

Puis, elle s'esclaffa, visiblement amusée par quelque chose. C'était la première fois qu'Autumn entendait son rire. Il était aussi déplaisant que son sourire.

— Etiez-vous au bord du lac tout à l'heure ? demanda Autumn en repensant aux deux personnes qu'elle avait aperçues plus tôt.

A sa grande surprise, Helen Easterman reprit aussitôt son sérieux et lui lança un regard scrutateur.

— Est-ce que vous avez vu quelqu'un ?

— Non, répondit aussitôt Autumn, troublée par

la brutalité de la question. Enfin, pas exactement. J'ai vu deux personnes sur la rive, mais j'étais trop loin pour voir qui c'était. Je prenais des photos depuis la crête.

— Des photos, répéta Helen Easterman.

Elle pinça les lèvres, comme si elle considérait quelque chose. Puis elle repartit d'un grand éclat de rire.

— Eh bien, je vois que l'humeur est au beau fixe chez les lève-tôt.

Julia descendait les marches et se dirigeait vers elles. En voyant la joue d'Helen, elle haussa les sourcils. Autumn remarqua qu'elle frissonnait. Etait-ce réel ou simulé ?

— Bonté divine, qu'est-ce que vous vous êtes fait ? demanda Julia d'un ton qui indiquait clairement qu'elle était inquiète elle aussi.

Helen Easterman ne semblait plus du tout amusée. Elle regarda Julia d'un air hargneux, puis repassa les doigts sur l'hématome.

— Je me suis cognée à une branche, grommela-t-elle, avant de monter l'escalier et de disparaître à l'intérieur.

— Ou plutôt à un poing, remarqua Julia.

Sourire aux lèvres, elle haussa les épaules et se tourna vers Autumn.

— Vous aussi, vous avez ressenti l'appel de la nature ? On dirait que tout le monde sauf moi est parti arpenter la forêt et les montagnes dans la froide lueur de l'aube. C'est difficile de garder la raison quand on est entouré par des fous.

Autumn ne put retenir un sourire. Julia était aussi lumineuse qu'un rayon de soleil. Alors qu'elle-même portait un jean et une grosse veste, l'actrice était vêtue d'un pantalon rose et d'un léger chemisier de soie à motifs floraux. Les sandales blanches à ses pieds ne tiendraient pas cinquante mètres dans les bois. Soudain, tout le ressentiment qu'Autumn avait éprouvé envers Julia pour avoir séduit Lucas s'évanouit.

— D'aucuns pourraient vous accuser de paresse, remarqua-t-elle avec légèreté.

— Et ils auraient raison, admit Julia en souriant. Quand je ne travaille pas, je me complais dans la fainéantise. Si je ne repars pas bientôt, mon sang va se figer dans mes veines.

Elle contempla Autumn d'un air intrigué.

— On dirait que vous avez également croisé le chemin d'une grosse branche…

Autumn resta un instant interdite, avant de comprendre. Apparemment, la perspicace Julia avait remarqué les traces de larmes sur ses joues. Elle haussa les épaules en signe de détachement.

— Je guéris vite.

— Brave petite. Allons, allons… dites-moi tout.

Les mots de Julia étaient légers, un peu cinglants, mais son regard était plein de compassion. Elle passa son bras sous celui d'Autumn et l'entraîna vers la pelouse.

— Julia…, fit Autumn en secouant la tête.

Ce qu'elle ressentait n'appartenait qu'à elle. Elle avait brisé cette règle pour Lucas, mais n'était pas sûre de vouloir recommencer. L'actrice l'interrompit avec fermeté.

— Autumn, vous avez besoin de parler. Vous ne pensez peut-être pas que votre trouble se voit, mais c'est le cas, affirma-t-elle, avant de soupirer avec élégance. Je ne sais vraiment pas pourquoi je vous apprécie autant. Ça va totalement à l'encontre de mes convictions. Les belles femmes ont tendance à éviter ou à détester les autres belles femmes, surtout quand elles sont plus jeunes.

Autumn en resta bouche bée. L'idée que la merveilleuse et incomparable Julia Bond se place sur le même plan qu'elle lui semblait ridicule. C'était une chose pour l'actrice de parler aussi nonchalamment de sa propre beauté. C'en était une autre de parler ainsi de la sienne. La voix de Julia brisa de nouveau le silence.

— C'est peut-être le fait de côtoyer ces deux autres bonnes femmes, l'une est tellement ennuyeuse et l'autre si méchante, mais je me suis prise d'affection pour vous.

Sous l'effet du vent, ses cheveux se soulevèrent, illuminés par le soleil. D'un geste distrait, Julia replaça une mèche derrière son oreille. Le diamant sur son lobe étincela. Comme c'était incongru de marcher bras dessus bras dessous avec elle au milieu des jonquilles de tante Tabby !

— Vous êtes également quelqu'un de gentil, poursuivit Julia. Je ne connais pas beaucoup de personnes gentilles.

Elle se tourna vers Autumn, lui offrant une vue magnifique sur son beau visage, après celle de son profil exquis.

— Autumn, je suis indiscrète, mais je sais aussi garder un secret.

— Je suis toujours amoureuse de lui, déclara alors Autumn, incapable de se retenir.

Un profond soupir suivit cet aveu spontané. Avant même de s'en rendre compte, elle raconta toute l'histoire. Tout, du début jusqu'à la fin, sans omettre les récents événements depuis qu'elle avait revu Lucas. Une fois lancée, cela ne lui coûta pas le moindre effort de se confier à Julia. Elle n'avait pas besoin de réfléchir, seulement d'exprimer ce qu'elle ressentait. L'actrice écoutait, avec tant d'attention qu'elle en oublia presque sa présence.

— Quel monstre…, déclara Julia, mais sans méchanceté. Sachez que c'est dans la nature des hommes, ces créatures merveilleuses, d'agir comme des monstres.

Autumn se contenta de hocher la tête. Elle se sentait un peu ridicule. Qu'aurait-elle pu répondre à une femme experte comme Julia ? Mais tandis qu'elles marchaient en silence, elle s'aperçut qu'elle se sentait mieux. Le plus gros de sa peine était passé.

— Le plus embêtant, bien sûr, c'est que vous êtes toujours folle de lui. Je ne peux pas vous le reprocher, ajouta Julia quand Autumn émit un rire triste. Lucas est un homme très viril... Le petit échantillon que j'ai eu hier soir m'a impressionnée.

L'actrice parlait avec un tel naturel... Comment aurait-elle pu être fâchée contre elle ?

— Il est très talentueux, poursuivit Julia en souriant, comme si elle savait pertinemment ce que ressentait Autumn. Il est aussi arrogant, égoïste, et il a l'habitude qu'on lui obéisse. Je n'ai aucun mal à m'en rendre compte parce que je suis également comme ça. Nous nous ressemblons beaucoup. D'ailleurs je ne suis pas convaincue qu'une liaison entre nous serait très agréable. Nous nous disputerions sûrement avant même d'arriver jusqu'au lit.

N'ayant aucune réponse à apporter à cette théorie, Autumn continua à marcher en silence.

— Jacques est plus mon type, fit Julia d'un air songeur. Mais il est engagé ailleurs.

Elle fronça les sourcils, comme si le cours de ses pensées avait pris un tour très différent.

— Bref..., reprit-elle en faisant un geste impatient. Vous devez simplement prendre une décision. Apparemment, Lucas veut vous récupérer. Pour combien de temps, ça reste à voir.

Bien que piquée au vif par la franchise de la remarque, Autumn lança un regard interrogateur à l'adresse de Julia.

— Mais vous pourriez avoir une relation stimulante avec lui, en toute connaissance de cause.

— Je ne peux pas faire ça, Julia. Le fait d'être

lucide ne m'empêchera pas de souffrir. Je ne suis pas sûre de pouvoir survivre à une autre… relation avec Lucas. Et il saurait que je suis toujours amoureuse de lui.

La scène de leur séparation, trois ans plus tôt, lui revint brièvement à la mémoire.

— Je ne veux pas revivre une telle humiliation. La fierté est la seule chose qui me reste.

— L'amour et la fierté ne font pas bon ménage, déclara Julia en lui tapotant la main. Eh bien, vous allez devoir vous protéger contre ses assauts. Je ferai diversion.

— Et comment ?

— Ma chère !

Julia haussa les sourcils, tandis que son sourire de jolie chatte se dessinait lentement sur ses lèvres.

Autumn ne put s'empêcher de rire. Cette situation était assez cocasse, au fond. Elle leva le visage vers le ciel. Tout compte fait, les nuages noirs semblaient remporter la bataille. Pendant un instant, ils cachèrent le soleil, et elle réprima un léger frisson.

— On dirait qu'il va pleuvoir, observa-t-elle.

Elle tourna le regard vers l'auberge. Les fenêtres paraissaient noires et vides. La lumière voilée donnait un air lugubre aux briques et colorait de gris le perron et les volets blancs. La maison se détachait sur un ciel d'ardoise. Les montagnes étaient sombres et oppressantes. Elle sentit quelque chose lui picoter la nuque. Sans trop savoir pourquoi, elle n'avait aucune envie de retourner à l'intérieur.

Et puis soudain, aussi vite qu'ils étaient venus, les nuages s'écartèrent, laissant le soleil briller de nouveau. Les fenêtres s'illuminèrent et les ombres s'évanouirent. Refoulant son angoisse, Autumn suivit Julia jusqu'à l'auberge d'un bon pas. Décidément, elle avait beaucoup trop d'imagination ces derniers temps.

Jacques fut le seul à les rejoindre pour le petit déjeuner. Helen Easterman avait disparu, tandis que Steve et les Spicer n'étaient pas revenus de leur randonnée. Elle s'efforça de ne pas penser à Lucas. Comme d'habitude, elle avait bon appétit, et elle dévora bacon, œufs, café et muffins en grande quantité. Julia grignota son toast en lui jetant des regards envieux.

Jacques avait l'air préoccupé, c'était évident. Il semblait néanmoins faire des efforts pour projeter son charme habituel. Autumn repensa à la dispute étouffée qui avait eu lieu dans le salon. Avec qui avait-il pu se quereller ? se demanda-t-elle distraitement. A bien y réfléchir, elle trouvait tout cela étrange. Jacques LeFarre n'était pas le genre d'homme à se disputer avec le premier venu. Pourtant, elle était bien placée pour savoir que Lucas et Julia, les deux personnes susceptibles d'agacer le producteur, étaient occupés ailleurs à ce moment-là.

Visiblement très détendue, Julia se mit à babiller à propos d'un ami commun qui travaillait dans le milieu du cinéma. Mais c'était une actrice, et elle était douée. Elle pouvait tout à fait être au courant de la dispute de la veille et ne rien en montrer. Ce n'était toutefois pas le cas de Jacques. Son angoisse était perceptible et la colère transparaissait derrière une apparence de charme. Une fois son repas terminé, elle décida de refouler toutes ces interrogations. Tout cela ne la regardait pas en réalité. Et sur ce constat, elle partit en quête de tante Tabby.

Comme elle s'y attendait, elle trouva cette dernière aux prises avec Nancy, la cuisinière, à propos des repas de la journée. Autumn décida qu'il valait mieux ne pas intervenir. Nancy avait apparemment prévu du poulet, alors que tante Tabby était persuadée que du porc était au menu. Laissant les deux femmes polémiquer, elle se servit une autre tasse de café. A travers la vitre, elle vit les épais nuages continuer leur progression depuis l'ouest.

— Oh ! Autumn ! As-tu fait une bonne promenade ?

Quand elle se retourna, sa tante lui souriait.

— La matinée était si belle…, poursuivit cette dernière. Quel dommage que le temps ait tourné à la pluie. Mais c'est bon pour les fleurs, n'est-ce pas ? Si jolies et si fragiles… As-tu bien dormi ?

Après un instant de flottement, Autumn choisit de ne répondre qu'à la deuxième partie de la question.

— Merveilleusement bien, tante Tabby. Je dors toujours bien quand je te rends visite.

— C'est le bon air, répondit-elle, son petit visage rond rayonnant de plaisir. Je crois que je vais préparer un gâteau au chocolat pour ce soir. Ça compensera la météo.

— Reste-t-il du café chaud, tante Tabby ?

Avec l'aisance d'un habitué, Lucas pénétra dans la cuisine. Comme toujours lorsqu'il entrait dans une pièce, l'air se chargea d'électricité. Cela, elle en avait l'habitude. Qu'il appelle sa tante par son surnom était plus surprenant.

— Bien sûr, mon cher. Servez-vous donc.

Tante Tabby fit un geste vague en direction de la gazinière. De plus en plus perplexe, Autumn regarda Lucas marcher jusqu'au placard, prendre une tasse et se verser du café. Il connaissait les lieux.

Appuyé contre le plan de travail, il but une gorgée. Avec une expression froide, dépourvue de la moindre trace de colère et de passion, il soutint son regard. Comme elle continuait de le fixer, il haussa un sourcil, avant d'esquisser son diabolique sourire.

La voix de tante Tabby la tira de ses pensées.

— Oh ! c'est ton appareil photo, ma chérie ?

Elle baissa les yeux sur l'appareil qui pendait à son cou. Il faisait tellement partie d'elle-même qu'elle en avait oublié sa présence.

— Oh là là, que de numéros ! Ça m'a l'air bien compliqué, remarqua sa tante en plissant les yeux, oublieuse des lunettes qui pendaient à son cou. J'en ai un, moi aussi, Autumn. Il est très bien. Tu peux t'en servir quand tu le veux.

Elle jeta un autre regard dubitatif vers le Nikon, puis son sourire embrumé se dessina sur ses lèvres.

— Il suffit d'appuyer sur le petit bouton rouge, et la photo sort aussitôt. On peut tout de suite voir si on a coupé la tête de quelqu'un. Si c'est le cas, on peut prendre une autre photo. Et pas besoin de tâtonner dans cette chambre noire. Je ne sais pas comment tu arrives à voir ce que tu fais dans cette pièce.

Tante Tabby fronça les sourcils, puis se tapota la joue du bout du doigt, tout en réfléchissant.

— Je suis presque sûre de pouvoir remettre la main dessus.

Emue, Autumn serra sa tante dans ses bras. Par-dessus la tête grisonnante, elle vit que Lucas souriait lui aussi. Son expression était sincère et chaleureuse. Une expression qu'il n'affichait que rarement.

Pendant un instant, elle lui rendit son sourire sans éprouver la moindre peine.

Chapitre 4

Quand la pluie arriva, ce ne fut pas à la manière habituelle d'une averse printanière, avec ces grosses gouttes qui s'écrasent sur le sol, annonciatrices du déluge. Non, là le ciel devint de plus en plus brumeux, tandis que la lumière dans le salon baissait. Tout le monde était rentré, et l'étrange assortiment qui constituait la clientèle de l'auberge était au complet dans le salon.

Allant bien au-delà de ses fonctions de barman, Steve était parti préparer du café dans la cuisine. Robert Spicer avait coincé Jacques dans ce qui semblait être une conversation technique sur la chirurgie à cœur ouvert. Assise près de lui, Julia était suspendue à ses lèvres… du moins en apparence. La réalité était tout autre, et Autumn le savait. De temps en temps, Julia lui jetait des regards qui avaient valeur de messages. Elle s'amusait follement.

La mine boudeuse, comme à l'accoutumée, Jane Spicer était penchée sur un roman qui regorgeait sûrement de scènes de sexe explicites ; elle portait un pantalon et un pull, de ce marron terne qu'elle affectionnait. Le visage toujours marqué par son hématome, Helen Easterman tirait sur sa cigarette en silence, aspirant profondément de longues bouffées de fumée. Autumn l'observa un instant. Cette femme lui rappelait parfois étrangement la chenille d'*Alice au pays des merveilles*. Une ou deux fois, elle surprit le regard d'Helen Easterman posé sur elle, associé à un sourire inquisiteur qui la mit mal à l'aise.

Seul Lucas n'était pas dans la pièce. Il devait probablement être à l'étage, en train de taper à la machine à écrire. Avec un peu de chance, il y resterait des heures. Il allait peut-être même prendre ses repas dans sa chambre.

A l'extérieur, la faible lumière sembla s'éteindre d'un coup. Le salon se retrouva plongé dans l'obscurité, toute chaleur envolée. Saisie d'un sombre pressentiment, Autumn frissonna. C'était étrange, d'ordinaire elle adorait les tempêtes, elle leur trouvait un attrait primitif. Le silence dura le temps d'un battement de cœur, puis la pluie se mit à tomber dans un vacarme assourdissant. Elle gifla aussitôt les vitres avec force et furie, ponctuée d'éclairs impressionnants.

— Une averse de printemps dans les montagnes, déclara Steve.

Il s'arrêta un instant dans l'embrasure de la porte, un grand plateau dans les mains, et une agréable odeur de café l'accompagna dans le salon.

— Ou plutôt des effets spéciaux, répliqua Julia, avant de se laisser aller contre Robert Spicer en battant des cils. Les tempêtes sont à la fois terrifiantes et émouvantes. Je sens monter en moi le désir d'avoir peur.

Autumn ne put réprimer un sourire. Cette réplique sortait tout droit d'un film où aurait joué l'actrice. Mais le brave médecin semblait trop hypnotisé par le regard ingénu de Julia pour noter la citation. Soudain, une folle envie de rire envahit Autumn. Elle secoua la tête comme on le fait à l'adresse d'un enfant turbulent lorsque Julia lui fit un clin d'œil tout en se blottissant contre Robert Spicer.

De toute évidence, Jane Spicer, elle, ne trouvait pas cela amusant. Elle ne boudait plus, elle bouillait littéralement de colère. Elle avait peut-être des griffes, après tout, conclut Autumn, ce qui la rendait plus appréciable. Et puis, Julia ferait mieux de se concentrer sur Steve plutôt que sur le médecin, songea-t-elle lorsque le jeune homme lui tendit une tasse de café.

— Du lait, pas de sucre, c'est ça ? demanda-t-il, une lueur souriante dans ses yeux d'un bleu outremer.

Elle lui rendit son sourire. Il avait le talent rare de donner l'impression à une femme d'être dorlotée, sans pour autant se montrer paternaliste. Et c'était plutôt admirable.

— Bravo. Vous avez une meilleure mémoire que George, remarqua-t-elle, lui jetant un regard amusé par-dessus le bord de la tasse. Et vous servez avec beaucoup de style. Ça fait longtemps que vous êtes dans le métier ?

— Je ne suis qu'à l'essai, répondit-il avec un large sourire. N'hésitez pas à transmettre vos commentaires à la direction.

Un nouvel éclair zébra l'obscurité. Jacques s'agita sur son siège lorsqu'un coup de tonnerre gronda, résonnant à travers la pièce.

— Avec une telle tempête, l'électricité ne risque-t-elle pas d'être coupée ? demanda-t-il à Autumn.

— L'électricité est souvent coupée.

A sa grande surprise, cette réponse, qu'elle avait accompagnée d'un haussement d'épaules indifférent, provoqua diverses réactions. Julia trouva l'idée merveilleuse, arguant que la lueur des bougies était très romantique, et Robert Spicer acquiesça. En revanche l'information sembla laisser Jacques de marbre. Il leva les mains, paumes vers le haut, comme pour indiquer qu'il acceptait son sort.

Steve et Helen Easterman firent quant à eux preuve d'une contrariété qu'Autumn jugea un peu excessive, même si lui resta plus modéré qu'elle. Il marmonna quelque chose sur les désagréments, puis marcha jusqu'à la fenêtre pour regarder les rafales de vent et de pluie. Helen pour le coup était carrément hors d'elle.

— Je n'ai pas payé une telle somme pour tâtonner dans le noir et manger des repas froids.

Elle alluma une autre cigarette d'un geste furieux, puis lança un regard noir à Autumn.

— Un tel manque d'efficacité est intolérable. Votre tante va devoir faire les arrangements nécessaires. Je refuse de payer un prix exorbitant pour vivre comme les pionniers.

Elle agita sa cigarette, prête à continuer sa diatribe, mais Autumn l'interrompit en la toisant d'un regard froid et dur.

— Je suis sûre que ma tante traitera vos réclamations avec toute l'attention qu'elles méritent.

Sur ce, elle lui tourna ostensiblement le dos, se désintéressant de ses critiques acerbes.

— En fait, nous avons un générateur, dit-elle à Jacques, qui la gratifia d'un sourire approbateur. Mon oncle était aussi pragmatique que tante Tabby est…

— Charmante, proposa Steve, qui passa aussitôt, aux yeux d'Autumn, du statut de charmant jeune homme à celui d'ami.

Après lui avoir adressé un sourire éclatant, elle poursuivit son explication.

— Si l'électricité est coupée, le générateur prend le relais. Grâce à lui, nous pouvons maintenir le courant sans trop d'inconvénients.

— Je pense que je vais quand même mettre des bougies dans ma chambre, décida Julia.

Tandis que Robert Spicer allumait une cigarette, elle lui sourit, les cils à moitié baissés.

— Julia aurait dû être française, fit remarquer Jacques. C'est une incurable romantique.

— Trop de… romantisme peut s'avérer imprudent, murmura Helen Easterman.

Puis elle balaya la pièce du regard, avant de l'arrêter sur Julia. Sous les yeux étonnés d'Autumn, l'actrice se transforma d'ange espiègle en maîtresse femme cassante et autoritaire.

— J'ai toujours constaté que seuls les imbéciles se montraient prudents.

Sa déclaration faite, elle reprit son costume d'ange céleste, si vite qu'Autumn crut un instant qu'elle avait rêvé.

Voir Julia à l'écran n'était rien comparé à la réalité. En fait, Autumn ignorait laquelle de ces deux versions était vraiment Julia Bond, en admettant qu'elle soit l'une des deux. Mais à bien y réfléchir, c'était le cas avec chacun des occupants de la pièce. Pour elle, ils étaient tous de parfaits inconnus.

Un silence pesant régnait encore lorsque Lucas entra dans le salon, mais la tension latente ne sembla pas l'affecter. Sans pouvoir s'en empêcher, Autumn leva les yeux vers lui et croisa son regard. Il s'approcha d'elle, ignorant les autres à sa façon cavalière. Son sourire diabolique flottait sur ses lèvres.

La pièce sembla se dissoudre autour d'elle, elle ne voyait que lui. Un frisson la traversa, et son appréhension dut se lire sur son visage.

— Je ne vais pas te manger, murmura Lucas.

Sa voix grave, assourdie par le fracas de la tempête, ne s'adressait qu'à elle.

— Est-ce que tu aimes toujours marcher sous la pluie ? demanda-t-il de but en blanc, en étudiant son visage. Je te revois encore le faire.

Comme elle ne réagissait pas, il marqua une pause.

— Ta tante m'a demandé de te donner ça, dit-il finalement.

Elle baissa les yeux pour voir ce qu'il tendait vers elle. Elle éclata de rire, et la tension se dissipa.

— Voilà un son que je n'avais pas entendu depuis longtemps, fit-il d'une voix douce.

Elle releva la tête, et vit qu'il l'étudiait avec une intensité troublante.

— Ah bon ? répliqua-t-elle en haussant les épaules, avant de saisir l'appareil photo au bouton rouge. J'ai pourtant le rire facile.

— Tante Tabby espère que tu t'amuseras bien avec.

Puis il lui tourna le dos brusquement et marcha jusqu'à la cafetière.

— Qu'est-ce que c'est que ça ? demanda Julia, tout en suivant Lucas du regard.

D'un geste théâtral, Autumn brandit l'appareil, puis se mit à parler d'un ton solennel.

— Mesdames et messieurs, voici la toute dernière innovation technologique en matière de photographie. D'une simple pression sur ce bouton, vos amis et vos êtres chers sont capturés à l'intérieur et réapparaissent sur une photo qui se développe sous vos yeux étonnés. Pas besoin de faire la mise au point ni de consulter le posemètre. Ce bouton est plus rapide que le cerveau. En fait, un enfant de cinq ans peut s'en servir tout en faisant du tricycle.

— Il faut savoir que dans ce domaine, Autumn

est une vraie snob, intervint Lucas sur un ton pince-sans-rire.

Debout près de la fenêtre, il buvait son café avec détachement. Tout en s'adressant aux autres convives, il gardait les yeux fixés sur elle.

— S'il n'y a pas des objectifs et des filtres interchangeables, des obturateurs à plusieurs vitesses et autres caractéristiques complexes, ce n'est pas un appareil photo, mais un simple jouet.

— Je me suis rendu compte de cette obsession, déclara joyeusement Julia.

Elle lança un regard charmeur à Lucas avant de se tourner vers Autumn.

— Elle porte cette petite boîte noire comme d'autres femmes portent des diamants. Ce matin, à l'aube, elle était déjà en train de mitrailler tamias et lapins au beau milieu de la forêt.

Autumn accepta ces moqueries de bonne grâce et leva l'appareil pour photographier le beau visage de l'actrice.

— Voyons, trésor, fit Julia en orientant la tête de façon très professionnelle, vous auriez pu me laisser le temps de me placer sous mon meilleur angle.

— Vous n'avez pas de meilleur angle, rétorqua Autumn.

Jacques éclata de rire, tandis que Julia souriait, visiblement partagée entre l'amusement et la vexation.

— Dire que je la trouvais adorable, murmura-t-elle.

— Dans mon métier, mademoiselle Bond, déclara

Autumn sur un ton solennel, j'ai eu l'occasion de prendre un certain nombre de femmes en photo. Pour celle-ci, il faut privilégier le profil gauche, pour celle-là, le profil droit. Une autre doit être prise de face ou avec un angle orienté vers le haut, etc.

Elle s'interrompit pour contempler les traits parfaits de Julia d'un œil critique.

— Je pourrais vous photographier dans n'importe quelle position, avec n'importe quel angle, sous n'importe quelle lumière, et le résultat serait toujours magnifique.

— Jacques, lança Julia en posant la main sur le bras du producteur, nous devons adopter cette jeune femme. Elle est excellente pour mon amour-propre.

— Simple intégrité professionnelle, affirma Autumn.

Elle posa le cliché en cours de développement sur la table, puis tourna l'objectif vers Steve.

— Soyez sur vos gardes, déclara Lucas en s'approchant de leur petit groupe. Dès qu'elle tient un appareil photo, quel qu'il soit, Autumn devient dangereuse.

Tandis qu'il ramassait le portrait de Julia pour l'examiner, Autumn fronça les sourcils. Elle se souvenait des innombrables photos qu'elle avait prises de lui. Sous le prétexte qu'il s'agissait d'art, elle ne les avait jamais jetées. Elle se rappelait parfaitement un jour où elle avait tourné autour de lui, accroupie, appuyant sur le déclencheur et faisant la mise au point, jusqu'à ce qu'il perde patience. Exaspéré, il lui avait alors ôté l'appareil des mains.

Lucas dut remarquer son expression. Les yeux sombres et insondables, il tendit la main vers elle pour enfouir les doigts dans ses cheveux.

— Tu n'as jamais réussi à m'apprendre à faire une belle photo, n'est-ce pas ?

— Non.

Les efforts qu'elle faisait pour contenir sa peine avaient rendu sa voix cassante.

— Je ne t'ai jamais rien appris, Lucas. En revanche, moi, j'ai retenu quelques leçons.

— J'ai toujours été incapable de maîtriser ce type d'engin, déclara Steve en saisissant l'appareil photo d'Autumn, posé sur la table à côté d'elle.

Il l'examina comme s'il s'agissait d'un étrange objet venu des confins de l'espace.

— Comment faites-vous pour vous rappeler à quoi servent tous ces numéros ?

Quand il se percha sur l'accoudoir de son fauteuil, Autumn se tourna vers lui avec empressement. N'était-ce pas l'occasion idéale de faire diversion ? Elle se lança dans une leçon de photographie élémentaire tandis que Lucas marquait son désintérêt en retournant près de la cafetière. Du coin de l'œil, Autumn vit que Julia le rejoignait. Au bout de quelques secondes, l'actrice mit sa main au creux du bras de Lucas, qui perdit son expression pleine d'ennui. Serrant les dents, Autumn se lança alors dans des explications plus compliquées.

Puis, Lucas et Julia sortirent, bras dessus bras dessous, prétextant une sieste pour elle et l'appel du travail pour lui. Malgré elle, Autumn les suivit des yeux.

Quand elle reporta son attention sur Steve, elle remarqua son sourire compatissant. A l'évidence, il avait deviné ses sentiments. Réprimant un juron, elle reprit son explication sur les ouvertures géométriques. Dieu merci, Steve enchaîna comme si de rien n'était.

Cette morne journée commençait à s'étirer en longueur. Dans l'après-midi, la pluie continua à frapper les carreaux, tandis que les éclairs et le tonnerre se répétaient de façon irrégulière. Le vent s'intensifia jusqu'à devenir une plainte ininterrompue. Grâce aux bons soins de Robert Spicer, le feu crépitait dans la cheminée. Mais la note joyeuse que les flammes auraient pu apporter était réduite à néant par la mine renfrognée de Jane Spicer et les allées et venues d'Helen Easterman. L'atmosphère était oppressante.

Après avoir décliné l'invitation de Steve à jouer aux cartes, Autumn se rendit dans sa chambre noire. Lorsqu'elle verrouilla la porte derrière elle, elle sentit s'estomper la migraine qui avait commencé à battre contre ses tempes.

Cette pièce était dépourvue de tensions. Elle n'y percevait aucune sensation dérangeante. Elle avait l'esprit clair et était prête à travailler. Pas à pas, elle procéda au développement de sa pellicule. Elle prépara les produits chimiques, vérifia les températures, déclencha les chronomètres. Complètement absorbée, elle en oublia la tempête qui faisait rage à l'extérieur.

Vint le moment où elle devait opérer dans le noir le plus complet. Au cours de cette étape, c'était comme si ses doigts devenaient ses yeux, et elle accomplit sa tâche rapidement. Soudain, par-dessus les bruits étouffés de la tempête, elle entendit une espèce de cliquetis. Elle n'y prêta aucune attention, trop occupée à préparer le chronomètre pour la phase suivante du développement. Mais le son se répéta. Elle eut un geste d'agacement.

Quelqu'un tournait-il la poignée ? Avait-elle pensé à bien verrouiller la porte ? Ce n'était vraiment pas le moment qu'un profane surgisse en laissant entrer de la lumière ! Cela serait un véritable désastre.

— Ne touchez pas à la porte ! s'exclama-t-elle.

Au même instant, la radio qu'elle avait allumée pour lui tenir compagnie s'éteignit. De mieux en mieux, plus de courant… Figée dans l'obscurité la plus complète, elle soupira. Et le cliquetis recommença.

Il devait y avoir quelqu'un sur le seuil ou dans la cuisine… Agacée mais aussi un peu curieuse, elle approcha d'un pas confiant de la porte pour vérifier qu'elle était bien verrouillée. En dépit de l'obscurité, elle connaissait désormais chaque centimètre carré de la pièce. Soudain, une violente douleur explosa dans sa tête. Des taches lumineuses se formèrent et se brisèrent dans son cerveau, puis les ténèbres l'emportèrent.

— Autumn. Autumn, ouvre les yeux.

La voix était lointaine et étouffée, mais le ton était impérieux. Elle résista à l'ordre : plus elle revenait à elle, plus sa tête la faisait souffrir. L'inconscience avait l'avantage d'être indolore…

— Ouvre les yeux.

La voix était plus distincte et se faisait plus insistante. Elle gémit.

A contrecœur, elle ouvrit les yeux. Des mains écartaient ses cheveux de son visage. Pendant un instant, elle les sentit s'attarder contre ses joues. Lucas apparut peu à peu devant elle, avec un aspect flou et fluctuant qui devint plus clair et plus net quand elle parvint à se concentrer.

— Lucas ? murmura-t-elle, désorientée.

Il eut l'air satisfait.

— Voilà qui est mieux, déclara-t-il d'un ton approbateur.

Avant qu'elle ne puisse protester, il l'embrassa avec force. Un baiser bref mais intense, comme autrefois…

— Tu m'as inquiété pendant un instant. Qu'est-ce que tu t'es fait, bon sang ?

Le ton était accusateur. Typique de lui, songea-t-elle.

— Ce que je me suis fait ?

Elle leva la main pour tâter l'endroit sur son crâne où se concentrait la douleur.

— Qu'est-ce qui s'est passé ? demanda-t-elle, comprenant soudain que quelque chose n'allait pas.

— C'est bien la question que je pose. Non, ne touche pas la bosse.

Il lui attrapa la main et la garda dans la sienne.

— Ça te fera encore plus mal si tu y touches. Je voudrais bien savoir comment tu t'es fait ça et pourquoi tu étais inanimée devant la porte.

Mon dieu, elle avait tant de mal à dissiper la brume qui flottait dans son cerveau. Elle essaya de se concentrer sur la dernière chose dont elle se souvenait.

— Comment es-tu entré ? demanda-t-elle en repensant au cliquetis. Je n'avais pas verrouillé la porte ?

Lentement, elle se rendit compte qu'il la tenait dans ses bras, la gardant appuyée contre son torse. Elle se redressa avec difficulté.

— C'est toi qui secouais la poignée ?

— Tout doux, ordonna-t-il lorsqu'elle gémit de douleur.

Le martèlement dans sa tête était terrible, et elle ferma les yeux.

— J'ai dû rentrer dans la porte, murmura-t-elle, surprise par sa propre maladresse.

— Tu es rentrée dans la porte au point de t'assommer toute seule ?

Elle n'arrivait pas à discerner si Lucas était fâché ou amusé. De toute façon, elle avait trop mal au crâne pour s'en soucier.

— C'est bizarre, observa-t-il. Je ne me souvenais pas que tu manquais de coordination à ce point-là.

— Il faisait sombre, grommela-t-elle, assez lucide à présent pour être embarrassée. Si tu n'avais pas secoué la poignée…

— Je ne secouais rien du tout…

Elle l'interrompit en poussant un hoquet horrifié.

— La lumière !

Elle essaya de nouveau de s'écarter de lui.

— Tu as allumé la lumière !

— J'ai eu ce drôle de réflexe quand je t'ai vue étendue par terre, répliqua-t-il d'un ton caustique.

Sans le moindre effort apparent, il l'immobilisa alors qu'elle s'agitait pour se lever.

— Je voulais voir l'étendue des dégâts, dit-il.

— Ma pellicule !

Elle avait haussé le ton et le foudroyait du regard, mais il répondit par un éclat de rire.

— Cette femme a perdu la tête.

— Lâche-moi.

Furieuse, elle repoussa ses bras et se remit debout précipitamment. A cause du mouvement brusque, la douleur s'intensifia au point de la faire chanceler.

— Nom d'un chien, Autumn ! s'exclama Lucas.

Il se releva à son tour, puis l'agrippa par les épaules pour la stabiliser.

— Arrête de te comporter comme une idiote pour quelques photos sans importance.

En temps normal, cette remarque aurait été peu judicieuse. Mais à cet instant, elle la prit comme une déclaration de guerre. Un soudain éclair de fureur éclipsa la douleur. Elle fit volte-face pour le dévisager.

— Tu n'as jamais considéré mon travail autrement que comme des photos sans importance, n'est-ce pas ? Tu ne m'as jamais vue autrement que comme une fille idiote, divertissante un moment, ennuyeuse en fin de compte. Tu as toujours détesté t'ennuyer, n'est-ce pas, Lucas ?

Elle repoussa brusquement les cheveux qui lui tombaient dans les yeux.

— Tu es là, avec tes livres, à te délecter de l'adulation de ton public et à mépriser tous ceux qui t'entourent. Tu n'es pas la seule personne talentueuse au monde, Lucas. J'ai autant de talent que toi, et mes photos me procurent autant de satisfaction que tes stupides bouquins.

Pendant un instant, il garda le silence et l'observa en fronçant les sourcils. Quand il parla, sa voix était bizarrement lasse.

— Très bien, Autumn. Maintenant que tu as dit ce que tu avais sur le cœur, tu ferais mieux d'aller prendre de l'aspirine.

— Laisse-moi tranquille !

Elle retira la main qu'il avait posée sur son bras et se tourna pour prendre son appareil photo sur l'étagère où elle l'avait posé en entrant. Celui-ci n'y était plus, il se trouvait sur la table à présent. Il avait été manipulé et la pellicule qui se trouvait dedans était complètement voilée ! Elle fusilla Lucas du regard.

— De quel droit as-tu touché à mon équipement ? Tu as voilé une pellicule entière !

Elle était folle de rage maintenant. Ce n'était pas une, mais deux pellicules qui étaient fichues. Comment avait-il pu lui faire une chose pareille ? Son mépris et son arrogance étaient donc sans limites ?

— Ça ne te suffit pas de m'interrompre en venant rôder près de la porte, puis de gâcher tous mes tirages en allumant la lumière ? Il a fallu aussi que tu fourres ton nez dans un domaine où tu ne connais strictement rien.

— Je te l'ai déjà dit, je n'étais pas devant la porte.

Les yeux de Lucas s'étaient dangereusement obscurcis.

— Je suis revenu après la coupure de courant, une fois le générateur allumé. La porte était ouverte, et tu étais étendue sur le sol. Et puis, je ne sais pas de quoi tu parles, je n'ai pas touché à ta fichue pellicule.

Sa voix était aussi glaciale que ses yeux étaient brûlants, mais elle était trop furieuse pour se laisser fléchir.

— Ça peut te sembler idiot, poursuivit-il, mais toute mon attention était fixée sur toi.

Il fit quelques pas vers elle, observant le désordre qui régnait sur le plan de travail.

— Ça ne t'a pas traversé l'esprit que dans le noir, tu as peut-être abîmé la pellicule toi-même ?

— Ne sois pas ridicule.

Il venait de nouveau de mettre en doute ses capacités professionnelles, mais elle eut à peine le temps de protester qu'il l'interrompit. Sa voix trahissait une patience forcée qui l'étonna. Dans son souvenir, Lucas n'avait *aucune* patience.

— Autumn, je ne sais pas ce qui est arrivé à ta pellicule. Quand je suis entré, je me suis simplement agenouillé près de toi. Et quant à la lumière, je ne vais pas m'excuser pour l'avoir allumée. Si c'était à refaire, je recommencerais.

Il posa une main sur son cou, et sa voix prit un ton caressant, celui qu'elle ne connaissait que trop bien et qui lui rappelait tant de souvenirs.

— Il se trouve que j'attache plus d'importance à ta santé qu'à tes photos.

Elle ne pensait plus à la pellicule. En cet instant, elle voulait seulement lui échapper, et fuir ces sentiments qu'il réveillait si facilement en elle. Comme si son corps était programmé pour lui répondre. Sa voix douce et ses mains tendres étaient les déclencheurs… Un mot, un geste et elle succombait.

— Tu es toute pâle, marmonna Lucas en la

relâchant, puis en enfouissant les mains dans ses poches. Le Dr Spicer va t'examiner.

— Non, je n'ai pas besoin…

Il l'interrompit en lui attrapant les bras. Il semblait furieux soudain.

— Bon sang, tu es obligée de me contredire tout le temps ? N'y a-t-il aucun espoir que tu oublies ton ressentiment ?

Il la secoua légèrement, ce qui fit de nouveau surgir la douleur dans sa tête, tandis qu'un vertige l'envahissait. Pendant un instant, sa vision se brouilla, et le visage de Lucas devint flou. Il poussa un juron et l'attira contre lui le temps que le malaise passe. Dans un mouvement fluide, il la souleva dans ses bras.

— Tu es blanche comme un linge, marmonna-t-il. Que ça te plaise ou non, le docteur va t'ausculter. Tu pourras déverser ton venin sur lui.

Le temps qu'elle s'aperçoive qu'il marchait vers sa chambre, sa colère s'était évanouie. Elle ne ressentait plus qu'une douleur sourde et une immense fatigue. Alors elle capitula et laissa aller sa tête contre l'épaule de Lucas. Ce n'était pas le moment de penser à ce qui s'était passé dans la chambre noire. Ce n'était pas le moment de se demander comment elle avait fait son compte pour percuter ainsi la porte. Ce n'était pas le moment de réfléchir du tout.

De toute façon, elle n'avait pas le choix. Fermant les yeux, elle laissa Lucas prendre la direction des opérations. Elle garda les paupières closes quand il la déposa sur le lit, mais elle savait qu'il l'observait. Tout comme elle savait aussi qu'il fronçait les sourcils.

Le son de ses pas lui indiqua qu'il était entré dans la salle de bains attenante. Le léger bruit de l'eau coulant dans le lavabo résonna comme une cascade dans sa tête douloureuse. Quelques secondes plus tard, un linge humide était posé sur son front. Elle ouvrit enfin les yeux et croisa son regard.

— Ne bouge pas, ordonna Lucas avec brusquerie.

Il la contemplait d'un air sombre, une expression énigmatique sur le visage.

— Je vais chercher Spicer, maugréa-t-il tout à coup.

Il fit volte-face et se dirigea vers la porte.

— Lucas.

Cette serviette froide sur son front lui avait rappelé toutes les attentions qu'il avait eues autrefois pour elle. Oui, c'était vrai, il était capable de moments de douceur, et elle par facilité, avait tout fait pour les oublier.

Il se tourna vers elle, manifestement impatient. Cet homme était plein de contradictions, songea-t-elle. Doté d'un tempérament excessif, sans paliers intermédiaires.

— Merci, déclara-t-elle. Je suis désolée de t'avoir crié dessus. Tu as été très gentil.

Lucas s'appuya contre la porte, les yeux fixés sur elle.

— Je n'ai jamais été gentil.

Sa voix était de nouveau pleine de lassitude. Elle dut refréner l'envie d'aller vers lui, ravaler le désir de faire disparaître ses rides de fatigue sur son beau visage. Il sembla deviner ses pensées, et ses yeux s'adoucirent brièvement. Il eut un de ses rares sourires désarmants.

— Quant à lui, tu as toujours été incroyablement douce. Et tellement affectueuse.

Sur ces mots, il quitta la pièce.

Chapitre 5

Lorsque Robert Spicer entra dans la chambre, Autumn regardait le plafond. Elle tourna les yeux vers lui, fixant sa sacoche noire avec une certaine perplexité. Elle n'avait jamais aimé ce que les médecins transportaient dans ces cartables à l'allure innocente.

— Une visite à domicile, déclara-t-elle en parvenant à sourire. Voilà qui est inespéré ! Je n'aurais pas cru que vous auriez votre sacoche avec vous pendant vos vacances.

Son coup d'œil inquiet n'avait pas échappé à Robert Spicer.

— Est-ce que vous voyagez sans votre appareil photo ? demanda-t-il.

— Très juste.

Il fallait qu'elle se calme. Elle se comportait comme une enfant.

— Je ne pense pas qu'une opération soit nécessaire, fit-il en s'asseyant sur le lit et en ôtant le linge que Lucas avait placé sur son front. Eh bien, ça va prendre de jolies couleurs. Est-ce que vous voyez trouble ?

— Non.

Avec ses mains étonnamment douces, il lui faisait penser à son père. Elle se détendit un peu plus et répondit à ses questions concernant les vertiges, les nausées et autres symptômes. Tandis qu'ils parlaient, elle scrutait son visage. Il était différent, remarqua-t-elle. Son air compétent était toujours là, mais son élégance affichée avait cédé la place à une discrète compassion. Sa voix était douce, tout comme ses yeux. Il était fait pour être médecin.

— Comment est-ce arrivé, Autumn ?

Tout en parlant, il se mit à fouiller dans sa sacoche, et elle reporta son attention sur ses mains. Il sortit du coton et une bouteille. Dieu merci, pas d'aiguille.

— Je suis rentrée dans une porte, répondit-elle en plissant le nez d'un air penaud.

Il secoua la tête en riant et commença à nettoyer la blessure.

— A d'autres !

— C'est embarrassant, mais c'est pourtant vrai. J'étais dans la chambre noire et j'ai dû mal juger la distance, précisa-t-elle.

Il riva son regard au sien un instant, avant de reprendre les soins.

— Vous m'aviez donné l'impression d'avoir les yeux bien ouverts, déclara-t-il d'une voix qu'Autumn trouva un peu sévère. C'est seulement une bosse, annonça-t-il en souriant de nouveau. Même si je sais que ce diagnostic ne va pas vous empêcher d'avoir mal.

— La douleur a diminué : elle est à peine atroce, maintenant, répliqua Autumn avec humour. Les canons ont cessé de tonner.

Avec un petit rire, il replongea la main dans sa sacoche et en sortit un flacon de comprimés.

— Je peux faire quelque chose pour la petite artillerie.

— Oh ! fit-elle en fronçant les sourcils. J'allais simplement prendre de l'aspirine.

— On n'éteint pas un feu de forêt avec un pistolet à eau.

En souriant, il fit tomber deux cachets dans sa main.

— Ils sont très légers, Autumn. Prenez-les et reposez-vous pendant une heure ou deux. Vous pouvez me faire confiance, ajouta-t-il avec une gravité exagérée en voyant qu'elle fronçait toujours les sourcils. Même si je suis un chirurgien.

— D'accord.

Convaincue par son regard, elle lui rendit son sourire et accepta le verre d'eau et les comprimés.

— Vous n'allez pas m'enlever mon appendice ou je ne sais quoi d'autre, n'est-ce pas ?

— Pas pendant mes vacances.

Il attendit qu'elle ait avalé les cachets, puis la recouvrit d'une couverture légère.

— Reposez-vous, ordonna-t-il avant de sortir.

Quand elle rouvrit les yeux, la chambre était plongée dans la pénombre. Se reposer ? songea-t-elle en remuant sous la couverture. Elle avait plutôt sombré dans l'inconscience. Mais pendant combien de temps ? Elle tendit l'oreille. Dehors, la tempête continuait à faire rage, fouettant les fenêtres avec une violence dont elle n'avait pas pris conscience. Avec précaution, elle se redressa en position assise. Sa tête ne la faisait plus souffrir, mais une simple pression des doigts lui confirma qu'elle n'avait pas imaginé l'incident. Sa pensée suivante fut purement physiologique : elle était affamée.

Une fois levée, elle jeta un coup d'œil rapide sur le miroir et ce qu'elle vit n'avait rien d'encourageant. Elle faisait peur à voir. Elle partit ensuite à la recherche de nourriture et de compagnie. Lorsqu'elle pénétra dans la salle à manger, elle comprit qu'elle allait trouver tout ce qu'elle cherchait. Elle avait parfaitement choisi son moment.

— Autumn, lança Robert Spicer en la voyant. Est-ce que vous vous sentez mieux ?

Embarrassée, elle eut un instant d'hésitation. Mais la faim l'emporta, sans compter que l'odeur du poulet de Nancy était trop tentante.

— Beaucoup mieux, répondit-elle.

Elle regarda Lucas, mais il se contenta de l'observer en silence, les yeux sombres et durs. La gentillesse qu'elle avait entraperçue plus tôt avait peut-être été une illusion.

— Je meurs de faim, avoua-t-elle en s'asseyant.

— C'est bon signe, répliqua le médecin. Avez-vous toujours mal ?

— Seulement dans ma fierté, répliqua-t-elle en

remplissant son assiette. La maladresse n'est pas un talent dont j'aime me vanter, et se prendre une porte est un tel cliché. J'aurais aimé trouver quelque chose de plus original.

— C'est étrange, dit Jacques en la contemplant et en faisant tourner sa fourchette par le manche. J'ai du mal à croire que vous ayez assez de force pour vous assommer toute seule.

— Je suis plus solide que j'en ai l'air, expliqua Autumn, prenant quelques secondes pour savourer le délicieux poulet.

— Et elle a l'appétit qui va avec, observa Julia.

Autumn surprit sur le visage de l'actrice une expression scrutatrice, vite remplacée par un sourire et suivie par un commentaire.

— Je prends du poids rien qu'à la regarder.

— C'est grâce à mon métabolisme, affirma Autumn, avant de prendre une autre bouchée. Le plus navrant dans tout ça, c'est que je dois dire adieu à la pellicule que j'ai utilisée au cours de mon trajet depuis New York.

— Nous sommes peut-être bien partis pour subir une série d'accidents.

La voix d'Helen Easterman était aussi dure que ses yeux quand ils firent le tour de la table.

— Jamais deux sans trois, n'est-ce pas ?

Comme personne ne réagissait, elle continua, les doigts posés sur son hématome.

— Il est difficile de prédire ce qui peut arriver par la suite.

Autumn en était venue à détester les étranges petits silences qui ponctuaient les remarques d'Helen Easterman, ces vagues de tension qui venaient troubler l'équilibre de leur petite compagnie. Désireuse de détourner la conversation, elle fit une entorse à sa règle et se tourna vers Lucas.

— Qu'est-ce que tu ferais avec un tel décor, Lucas ?

Elle le fixait d'un regard interrogateur, mais il resta impassible. Il les observait tous, et constamment, songea-t-elle. Malgré une sensation de malaise grandissante, elle insista.

— Neuf personnes, dix en comptant la cuisinière, isolées dans une auberge perdue dans les montagnes, au beau milieu d'une tempête. Le courant a déjà été coupé. Bientôt, ce sera sûrement le tour du téléphone.

— La ligne ne fonctionne déjà plus, l'informa Steve.

Elle poussa un « Ah ! » théâtral.

— Et le gué est probablement infranchissable, ajouta Robert Spicer avec un clin d'œil indiquant qu'il entrait dans son jeu.

— Qu'est-ce que tu peux exiger de plus ? demanda Autumn à Lucas.

Comme à point nommé, un éclair jaillit.

— Un meurtre, lâcha Lucas avec désinvolture.

Tous les regards se tournèrent vers lui, et elle ne put retenir un frisson. C'était la réponse qu'elle avait attendue, pourtant elle se sentait glacée rien qu'à l'entendre.

— Mais, bien sûr, poursuivit-il, le cadre est un peu trop prévisible pour les histoires que j'écris.

— C'est parfois le cas dans la vraie vie, n'est-ce pas ? demanda Jacques.

Un petit sourire aux lèvres, il leva son verre de vin blanc.

— Je pourrais faire beaucoup d'effet, déclara Julia. Vêtue de blanc, j'arpenterais les couloirs sombres.

Elle posa les coudes sur la table, croisa les mains et appuya son menton dessus.

— La flamme de ma bougie vacillerait, tandis que le meurtrier attendrait dans la pénombre, prêt à écourter ma vie à l'aide d'un foulard de soie.

— Vous feriez un charmant cadavre, remarqua Autumn.

— Merci, trésor.

Julia se tourna ensuite vers Lucas.

— J'aimerais mieux rester parmi les vivants, au moins jusqu'à la scène finale.

— Vous mourez tellement bien, la complimenta Steve en souriant. J'ai été impressionné par votre Lisa dans *Le Renouveau de l'espoir.*

— Quel genre de meurtre vois-tu, Lucas ? demanda Jacques.

Il mangeait peu et semblait préférer le vin, constata Autumn.

— Un crime de passion ou de vengeance ? L'acte

impulsif d'un amant abandonné ou les manœuvres diaboliques d'un esprit froid et calculateur ?

— Tante Tabby pourrait saupoudrer un poison exotique sur la nourriture et nous éliminer les uns après les autres, suggéra Autumn en se servant de la purée.

— Une fois que quelqu'un est mort, il n'a plus aucune utilité, déclara Helen Easterman, s'attirant l'attention de toute la tablée. Le meurtre est un tel gâchis. On gagne plus en gardant quelqu'un en vie. Vivant et vulnérable.

Elle darda son regard sur Lucas.

— Vous n'êtes pas d'accord, monsieur McLean ?

Autumn n'aimait pas la façon dont Helen souriait. *Froid et calculateur.* Les mots de Jacques résonnaient dans sa tête. Oui, cette femme-là était froide et calculatrice. Comme le silence durait, Autumn se tourna vers Lucas.

Il affichait l'expression dédaigneuse teintée d'ennui qu'elle connaissait bien.

— Je ne crois pas qu'un meurtre soit toujours du gâchis.

Sa voix restait désinvolte, mais elle vit aussitôt le changement dans ses yeux. Ils étaient désormais d'un froid glacial.

— Le monde serait meilleur si certaines personnes venaient à être éliminées.

Il esquissa un sourire éminemment dangereux.

La conversation ne semblait plus du tout hypothétique. En regardant Helen, Autumn lut la peur sur son visage. *Mais c'est seulement un jeu*, pensa-t-elle en réprimant un élan de panique, avant de se tourner vers Julia. L'actrice souriait, mais sans sa chaleur habituelle, comme si elle savourait la nervosité d'Helen. Elle dut remarquer son air choqué, car elle changea de sujet sans sourciller.

Le dîner se poursuivit sans autre incident et une fois terminé, ils passèrent dans le salon. La tempête ne montrait aucun signe de faiblesse et commençait à jouer sur les nerfs. Seuls Julia et Lucas semblaient ne pas être affectés. Ils se mirent dans un coin, rapprochant leurs têtes pour discuter, apparemment captivés l'un par l'autre. Le rire mélodieux de Julia résonna, couvrant le bruit de la pluie. En voyant Lucas saisir une mèche de cheveux blonds entre ses doigts, Autumn se détourna. L'actrice avait l'art de faire diversion et d'alléger l'atmosphère, et le fait de le savoir la déprimait.

Les Spicer, sans Julia pour les distraire, étaient assis côte à côte sur le canapé près du feu. Ils chuchotaient, mais Autumn perçut la tension d'une dispute conjugale. Avec discrétion, elle s'éloigna hors de portée de voix. Jane avait choisi un mauvais moment pour reprocher à Robert sa fascination pour Julia, étant donné que celle-ci accordait ses attentions à un autre homme. Quand ils quittèrent la pièce, le visage de Jane n'était plus boudeur, mais tout simplement malheureux. Sans jamais regarder dans leur direction, Julia se rapprocha de Lucas et lui murmura quelque chose à l'oreille qui le fit rire. Autumn mourait d'envie de s'en aller elle aussi.

Cela n'avait rien à voir avec Lucas, se dit-elle tandis qu'elle longeait le couloir avec l'intention de souhaiter une bonne nuit à tante Tabby. Julia remplissait sa mission à merveille : elle occupait Lucas. Il n'avait pas regardé Autumn une seule fois depuis que l'actrice était entrée en action. Tout en s'efforçant de refouler sa peine, elle ouvrit la porte du bureau de sa tante.

— Autumn, ma chérie ! Lucas m'a dit que tu t'étais cogné la tête.

Tante Tabby délaissa la longue liste qu'elle tenait et se leva pour examiner l'hématome.

— Ma pauvre petite… Veux-tu de l'aspirine ? Je dois en avoir quelque part.

Même si elle appréciait que Lucas ait donné à sa tante une version édulcorée de l'incident, elle ne put s'empêcher d'être surprise. Depuis quand Lucas et tante Tabby étaient-ils devenus si complices ? Cela ne ressemblait pas à Lucas McLean de se soucier d'une dame d'âge mûr un peu évaporée, dont les seuls titres de gloire étaient une petite auberge et un don pour le gâteau au chocolat.

— Non merci, tante Tabby. Je vais bien. J'ai déjà pris quelque chose.

— Tant mieux.

Elle tapota la main d'Autumn en fronçant les sourcils.

— Il faudra faire plus attention, ma chérie.

— C'est promis. Tante Tabby…

L'air de rien, elle se mit à tripoter les papiers sur le bureau de sa tante.

— Est-ce que tu connais bien Lucas ? Je ne me souviens pas que tu aies jamais appelé un pensionnaire par son prénom.

Cela ne servait à rien de tourner autour du pot avec sa tante. Le résultat serait le même que de lire *Guerre et Paix* à la lueur d'une chandelle : une migraine et beaucoup de confusion.

— Eh bien, ça dépend, Autumn. Oui, ça dépend.

Tante Tabby poussa doucement les papiers hors de sa portée, puis se mit à fixer un point au plafond. C'était le signe qu'elle était plongée dans ses réflexions.

— Il y a Mme Nollington. Elle occupe une chambre d'angle chaque année en septembre. Je l'appelle Frances et elle m'appelle Tabitha. C'est une femme adorable. Une veuve de Caroline du Nord.

— Lucas t'appelle « tante Tabby », précisa Autumn, interrompant le flot d'informations sur Frances Nollington.

— Oui, ma chérie, comme beaucoup de monde. Toi, par exemple.

— Oui, mais…

— Et Paul et Will, continua tante Tabby gaiement. Et le petit garçon qui apporte les œufs. Et… oh, plusieurs autres personnes. Oui, plusieurs, c'est sûr. As-tu aimé le dîner ?

— Oui, beaucoup. Tante Tabby, reprit Autumn,

convaincue maintenant que sa ténacité serait forcément récompensée, Lucas a l'air comme chez lui, ici.

— Oh ! j'en suis ravie !

Rayonnante, elle prit la main d'Autumn et la tapota.

— Je fais de mon mieux pour que mes pensionnaires se sentent comme chez eux. Je suis toujours un peu gênée de devoir les faire payer, mais…

Elle baissa les yeux sur ses factures de blanchisserie et commença à marmonner toute seule.

Autumn poussa un profond soupir. Elle ferait sans doute mieux d'abandonner… Après avoir déposé un baiser sur la joue de sa tante, elle la laissa aux prises avec ses serviettes et ses taies d'oreillers.

Il lui fallut pas mal de temps pour ranger la chambre noire. Elle y resta jusqu'à une heure tardive, mais cette fois, elle laissa la porte ouverte et la lumière allumée. L'écho de la pluie qui battait les fenêtres de la cuisine résonnait dans la pièce. Hormis ce bourdonnement incessant, la maison était silencieuse.

Non, songea-t-elle. *Les vieilles maisons ne sont jamais silencieuses, elles grincent et gémissent.* Mais le craquement des parquets et des charpentes ne la dérangeait pas. Elle aimait ce silence bruissant de sons. Avec concentration, elle vida les bacs et rangea les bouteilles. Elle jeta la pellicule abîmée à la poubelle en soupirant.

C'était un crève-cœur, mais il n'y avait rien à faire. Demain, elle développerait les photos qu'elle avait prises dans la matinée. La pellicule était toujours dans la poche de sa veste. Le lac, le soleil levant, le reflet des arbres dans l'eau. Cela la mettrait de meilleure humeur. Pour l'heure, elle était fourbue. Elle étira son dos et souleva ses cheveux, dégageant ainsi son cou.

— Je me rappelle que tu faisais ça le matin.

Surprise, elle fit volte-face, sa longue chevelure volant autour d'elle. Prise d'une brusque panique, elle sentit sa gorge se nouer. Tout en repoussant les mèches de son visage, elle fixa Lucas.

Il s'appuyait contre le montant de la porte, une tasse de café à la main. Son regard trouva le sien sans effort.

— Tu remontais tes cheveux, puis tu les laissais retomber. Ils cascadaient dans ton dos jusqu'à ce que je brûle d'envie de plonger les mains dedans.

Sa voix était profonde et étrangement rauque. Pour sa part, elle était trop troublée pour proférer le moindre son.

— Je me suis souvent demandé si tu le faisais exprès, rien que pour me rendre fou.

Il étudia son visage en fronçant les sourcils, puis porta la tasse à ses lèvres.

— Mais bien sûr, c'était involontaire. Je ne connais personne d'autre qui soit capable d'éveiller le désir avec une telle innocence.

Enfin, elle retrouva l'usage de la parole.

— Qu'est-ce que tu fais ici ?

Le tremblement dans sa voix faisait perdre un peu de sa force à la question.

— Je me souviens.

Elle se détourna et commença à manipuler les bouteilles, dérangeant leur classement méthodique.

— Tu as toujours eu un don avec les mots, Lucas.

Plus calme à présent qu'elle lui tournait le dos, elle examina avec attention un flacon de bain d'arrêt comme si c'était la chose la plus fascinante du monde.

— J'imagine que c'est indispensable dans ta profession.

— Je ne suis pas en train d'écrire.

— Tu as toujours du mal avec ton livre ? demanda-t-elle, faisant semblant d'avoir mal compris.

Elle lui fit face et de nouveau, les signes de stress et de fatigue qui marquaient le visage de Lucas lui sautèrent aux yeux. Une bouffée de compassion et d'amour l'envahit alors. Elle la réprima férocement en priant pour qu'il ne s'aperçoive de rien.

— Tu t'en sortirais peut-être mieux si tu t'accordais une bonne nuit de sommeil.

Elle indiqua la tasse qu'il tenait.

— Et ce n'est pas le café qui va aider.

— Peut-être pas, répondit-il, avant de boire les dernières gorgées d'un trait. Mais c'est mieux que le bourbon.

— Dormir, c'est encore la meilleure solution.

Tout en parlant, elle haussa les épaules d'un air indifférent. Les habitudes de Lucas ne la concernaient plus.

— Je monte, déclara-t-elle en s'approchant de la porte.

Mais il ne bougea pas, bloquant la sortie. Elle s'arrêta brusquement. Ils étaient seuls. Le rez-de-chaussée était vide et silencieux, hormis eux deux et le son de la pluie.

— Lucas…

Elle poussa un profond soupir. Elle préférait qu'il la croie impatiente plutôt que vulnérable.

— Je suis fatiguée. Ne me complique pas les choses.

Les yeux de Lucas s'embrasèrent. Elle essaya de rester calme, mais elle sentit ses genoux trembler. La douleur lancinante dans sa tête était de retour. Quand il s'écarta, elle éteignit la lumière, mais elle le frôla au passage. Il l'attrapa vivement alors par le bras, l'empêchant de sortir aussi vite qu'elle l'avait espéré.

— Un jour viendra, murmura-t-il, où tu ne pourras pas t'échapper aussi facilement.

— Arrête de me menacer.

La colère l'envahit, et elle oublia toute prudence.

— Désormais, je suis immunisée.

L'air furieux, il l'attira brusquement contre lui.

— J'en ai plus qu'assez ! s'exclama-t-il.

Sans lui laisser le temps de réagir, il l'embrassa

avec brutalité. Son désir mêlé de rage était évident. Quand elle se débattit, il la poussa contre le mur. Lui maintenant les bras le long du corps, il la plia à sa volonté rien qu'avec sa bouche. Elle se sentait sur le point de céder, ressentant autant de colère pour elle-même que pour lui. Mais même quand elle abandonna la lutte, les lèvres de Lucas ne s'adoucirent pas. Tandis que la colère vibrait entre eux, il repassa à l'attaque, encore et encore.

Son cœur battait la chamade. Tout contre elle, elle sentait les battements précipités de celui de Lucas. Il n'y avait pas d'issue, songea-t-elle vaguement. Elle ne pouvait pas lui échapper. Elle n'avait nulle part où aller, où se cacher. Elle commença à trembler de peur et de désir.

Tout à coup, il s'écarta. Ses yeux étaient si noirs qu'elle n'y voyait rien d'autre que son propre reflet. Elle était perdue en lui. Oui, c'était cela, perdue… Comme elle l'avait toujours été. Puis il la secoua, la faisant hoqueter de surprise.

— Fais attention de ne pas me pousser à bout, lança-t-il d'une voix dure. Bon sang, tu ferais bien de te rappeler que je n'ai aucun scrupule. Je sais comment m'occuper des gens qui me mettent des bâtons dans les roues.

Il s'interrompit un instant avant de reprendre :

— Je te prendrai à ton corps défendant, si tu continues à me provoquer comme ça.

Trop effrayée par la rage qu'elle lisait sur son visage pour songer à sa fierté, Autumn se tortilla pour se libérer. Elle s'enfuit dans le couloir et monta l'escalier au pas de course.

Chapitre 6

Autumn arriva devant sa chambre hors d'haleine, luttant pour retenir ses larmes. Il n'avait pas le droit de lui faire subir cela ! Elle ne *devait* pas lui en donner le pouvoir. Pourquoi faisait-il de nouveau irruption dans sa vie ? Précisément au moment où elle commençait à l'oublier… *Menteuse*, fit une petite voix dans sa tête. Elle ne l'avait jamais oublié. Jamais. Mais elle finirait par y arriver. Elle serra les poings et s'efforça de reprendre son souffle. Oui, elle réussirait à tourner la page.

En entendant Lucas monter l'escalier, elle ouvrit sa porte à la hâte. Elle ne voulait plus avoir affaire à lui ce soir. Demain viendrait bien assez tôt.

Quelque chose n'allait pas. Elle s'en rendit compte dès qu'elle entra dans la chambre obscure. L'odeur de parfum était si forte qu'elle lui faisait tourner la tête. Elle appuya sur l'interrupteur.

Quand la lumière s'alluma, elle laissa échapper un petit gémissement de désespoir.

Les tiroirs et l'armoire avaient été vidés de leur contenu. Ses vêtements étaient éparpillés aux quatre coins de la pièce. Certains étaient déchirés, d'autres gisaient simplement pêle-mêle sur le sol. Ses bijoux avaient été sortis de leur boîte et jetés arbitrairement sur les tas de tissu. Des flacons d'eau de Cologne et de talc avaient été vidés un peu partout. Le moindre petit objet, le moindre bien personnel avait été détérioré ou détruit.

Elle était clouée sur place par le choc et l'incrédulité. Elle s'était trompée de chambre, songea-t-elle d'abord. C'était forcément la mauvaise chambre. Mais le chemisier en linon fleuri avec la manche déchirée à l'épaule était bien le sien, il lui avait été offert à Noël par Will. Quant aux sandales lacérées qui gisaient dans un coin, elle les avait achetées dans une petite boutique près de la Cinquième Avenue l'été précédent.

— Non, fit-elle en secouant la tête comme pour faire disparaître le problème. Ce n'est pas possible.

— Seigneur !

La voix de Lucas résonna derrière elle. Elle se retourna et le vit qui regardait dans la chambre d'un air incrédule.

— Je ne comprends pas…, déclara-t-elle.

C'était tout ce qu'elle trouvait à dire. Lentement, Lucas reporta son attention sur elle.

— Pourquoi ? demanda-t-elle ensuite avec un geste d'impuissance.

Il s'approcha d'elle, essuyant de son pouce la larme qui roulait sur sa joue.

— Je ne sais pas. D'abord, nous devons découvrir qui a fait ça.

— Mais c'est… c'est tellement malveillant.

Elle erra au milieu de ses affaires saccagées. C'était un cauchemar, elle allait se réveiller.

— Personne ici n'aurait de raison de me faire ça. Il faut haïr quelqu'un pour faire ce genre de chose, n'est-ce pas ? Les gens ici n'ont aucune raison de me détester. Personne ne me connaissait avant hier soir.

— Sauf moi.

— Ce n'est pas ton style, répliqua-t-elle en se pressant la tempe, plongée dans ses réflexions. Tu trouverais une façon plus directe de me faire du mal.

— Merci.

Elle le regarda en fronçant les sourcils, à peine consciente de ce qu'ils se disaient. Il l'étudiait d'un air sombre. Puis elle se détourna brusquement. Elle n'était pas en état de parler.

C'est à ce moment-là qu'elle l'aperçut.

— Oh non !

A quatre pattes, elle avança sur le lit par-dessus les vêtements abîmés, puis écarta les draps emmêlés. Les mains tremblantes, elle saisit son appareil photo. L'objectif était brisé, des fissures en toile d'araignée striant la surface. L'arrière du boîtier ne tenait plus que par une charnière. Une pellicule, à côté, était déroulée. Voilée. Irrécupérable. Poussant un profond gémissement, elle serra l'appareil contre elle et se mit à pleurer.

Ses vêtements et les autres babioles n'avaient aucune importance, mais le Nikon représentait plus à ses yeux qu'un simple appareil photo reflex. Il faisait autant partie d'elle que ses mains. C'était avec lui qu'elle avait pris sa première photo professionnelle.

Pour elle, c'était comme un viol.

Tout à coup, sans qu'elle sache trop comment, elle se retrouva pressée contre un torse musclé. Quand Lucas l'entoura de ses bras, elle n'émit aucune protestation et continua à verser des larmes amères. Il garda le silence, la réconfortant seulement grâce à son étreinte solide et ses mains étonnamment douces.

— Oh ! Lucas, soupira-t-elle en s'écartant de lui. Ça n'a aucun sens.

— Il y a sûrement une raison logique à tout ça, forcément.

Elle leva les yeux vers lui.

— Vraiment ?

Comme le regard de Lucas ne révélait rien de ses secrets, elle baissa la tête.

— Eh bien, si quelqu'un voulait me faire du mal, c'est réussi.

Ses doigts se crispèrent sur l'appareil photo. Elle était soudain envahie d'une intense fureur, qui chassait le désespoir de son esprit. Tout son corps en débordait. Au lieu de rester assise à pleurnicher, elle allait agir.

Elle tendit l'appareil à Lucas et se leva brusquement.

— Attends une minute, lança-t-il en l'attrapant par la main avant qu'elle ne puisse sortir de la chambre. Où vas-tu ?

— Je vais réveiller les autres, répondit-elle d'un ton sec, tout en se dégageant. Et ensuite, je vais tordre le cou à quelqu'un.

Il l'attrapa par le bras pour la retenir. Elle résista, mais il était plus fort qu'elle et il l'immobilisa entre ses bras.

— Et je ne doute pas que tu y arriverais.

Une note d'admiration transparaissait dans sa voix, mais elle n'en tira aucun plaisir.

— Laisse-moi faire, et tu verras, lâcha-t-elle d'un ton de défi.

— Commence par te calmer.

Comme elle se tortillait contre lui, il resserra son étreinte.

— Je veux…

— Je sais ce que tu veux, et je ne peux pas te le reprocher. Mais tu dois réfléchir avant de te précipiter.

— Je n'ai pas besoin de réfléchir, rétorqua-t-elle. Quelqu'un doit payer.

— Tout à fait d'accord. Qui ?

Elle était contrariée par sa logique, mais sa colère diminua un peu.

— Je ne sais pas encore.

Au prix d'un gros effort, elle parvint à prendre une profonde inspiration.

— Voilà qui est mieux, dit-il en souriant, avant de déposer un léger baiser sur ses lèvres. Même si tu as toujours ton regard assassin.

Il la relâcha, mais garda la main sur son bras.

— Rentre tes griffes, jusqu'à ce que nous sachions ce qui se passe. Et d'abord, allons frapper à quelques portes.

Elle commença par la chambre de Julia, qui était contiguë à la sienne. Sa rage s'était désormais muée en colère froide. De la méthode, voilà ce dont elle avait besoin. Très bien, ils seraient méthodiques jusqu'à ce qu'ils découvrent le responsable. Et ensuite…

Elle frappa sèchement à la porte. Après le second coup, Julia marmonna une réponse d'une voix douce et rauque.

— Levez-vous, Julia, dit Autumn. Je veux vous parler.

— Autumn, ma chère…

A en juger par son ton, l'actrice avait le visage enfoui dans ses oreillers.

— Même moi, j'ai besoin de sommeil réparateur. Soyez gentille, laissez-moi dormir.

— Levez-vous, Julia, répéta Autumn, se retenant pour ne pas crier. Tout de suite.

— C'est qu'elle est grincheuse… C'est pourtant moi qu'on tire du lit.

Julia ouvrit la porte. Vêtue d'un déshabillé en dentelle blanche, ses cheveux emmêlés formant un halo autour de son visage, les yeux bouffis de sommeil, elle était ravissante.

— Ça y est, je suis debout.

Elle adressa un sourire sensuel à Lucas et se passa la main dans les cheveux.

— Est-ce que nous allons faire la fête ?

— Quelqu'un a saccagé ma chambre, déclara Autumn sans détour.

Julia délaissa Lucas et leur flirt silencieux pour fixer son attention sur elle.

— Quoi ?

L'expression féline avait laissé place à un froncement de sourcils concentré. Mais c'était une actrice, il ne fallait pas l'oublier.

— Mes vêtements ont été déchirés et éparpillés partout dans la pièce. Mon appareil photo est cassé.

En prononçant ces mots, Autumn déglutit péniblement. C'était le plus difficile à accepter.

— C'est insensé, fit Julia en abandonnant sa posture provocante contre la porte. Je veux voir.

Elle se précipita dans le couloir et s'arrêta sur le seuil de la chambre d'Autumn. Quand elle tourna la tête dans leur direction, ses yeux étaient agrandis par la surprise.

— C'est affreux !

Elle se précipita vers eux et glissa un bras autour de la taille d'Autumn.

— C'est vraiment affreux. Je suis désolée.

Sincérité, compassion, choc… Tout y était. Autumn avait très envie d'y croire.

— Qui aurait pu faire ça ? demanda Julia à Lucas.

Une lueur furieuse brillait désormais dans les yeux de l'actrice. Elle était de nouveau la maîtresse femme qu'Autumn avait entraperçue dans l'après-midi.

— Nous avons bien l'intention de le découvrir, répondit Lucas. Il faut réveiller les autres.

Autumn vit quelque chose passer entre eux tandis qu'ils se regardaient, si brièvement qu'elle crut même l'avoir imaginé.

— Très bien, allons-y, déclara Julia en repoussant ses cheveux derrière ses oreilles. Je m'occupe des Spicer, toi, de Jacques et Steve. Vous, allez réveiller Helen, ordonna-t-elle à Autumn.

Son ton était si autoritaire qu'Autumn obéit aussitôt. Elle s'éloigna, entendant derrière elle les coups martelés aux portes, les réactions et les murmures. Une fois devant la chambre d'Helen, elle frappa du poing sur le battant. Les choses progressaient, songea-t-elle. Lucas avait raison. Avant de pendre quelqu'un, il fallait un procès.

Ne recevant aucune réponse, elle frappa de nouveau. Elle n'était pas d'humeur à être ignorée. Dans son dos, le couloir bruissait d'activité : tout le monde sortait de sa chambre pour observer le désastre qui régnait dans la sienne.

— Helen !

A bout de patience, elle se mit à tambouriner.

— Sortez de là !

Furieuse, elle ouvrit la porte. Elle aurait au moins la satisfaction de tirer quelqu'un du lit. Sans hésiter, elle alluma la lumière.

— Helen, je…

Helen n'était pas dans son lit. Autumn la regarda fixement, trop stupéfaite pour être horrifiée. La femme était étendue sur le sol, mais elle ne dormait pas. Elle ne dormirait plus jamais, d'ailleurs. Etait-ce du sang ? Avec une fascination hébétée, elle avança d'un pas, puis la réalité la rattrapa.

La terreur la saisit à la gorge, la privant d'un hurlement libérateur. Elle recula lentement. C'était bel et bien un cauchemar. Un cauchemar qui avait commencé dans sa chambre et se poursuivait ici. Rien de tout cela n'était réel. La voix insouciante de Lucas résonnait en elle. *Un meurtre*. En secouant la tête, elle recula contre un mur. Non, c'était seulement un jeu. Elle entendit une voix paniquée appeler Lucas, sans se rendre compte que c'était la sienne. Puis, enfin, ses mains se levèrent et couvrirent ses yeux.

— Sortez-la d'ici.

Elle entendit l'ordre brutal de Lucas à travers le brouillard qui avait envahi son cerveau. Elle était prisonnière d'un vertige sans fin. Quelqu'un l'entoura de ses bras et l'entraîna hors de la chambre.

— Mon Dieu…

C'était la voix de Steve, tremblante. Quand elle trouva la force de lever les yeux vers lui, elle vit qu'il était blême. Elle enfouit le visage contre son torse, luttant avec une sensation de malaise. Quand allait-elle enfin se réveiller ?

La confusion régnait autour d'elle. Tandis qu'elle oscillait entre l'horreur et le choc, elle entendait des voix désincarnées. Elle reconnut le timbre rauque de Julia, l'intonation râpeuse de Jane et le mélange franco-anglais de Jacques. Puis la voix de Lucas s'ajouta aux autres : calme, froide, comme un jet d'eau glacée.

— Elle est morte. Poignardée. Le téléphone a été coupé, alors je vais aller au village pour prévenir la police.

— Assassinée ? Elle a été assassinée ? Oh ! mon Dieu !

La voix de Jane s'éleva avant d'être étouffée. En tournant la tête, Autumn vit qu'elle se pressait contre son mari.

— Lucas, je pense que, par précaution, personne ne devrait quitter l'auberge seul, déclara Robert, tout en serrant tendrement sa femme dans ses bras. Nous devons faire face aux implications.

— Je l'accompagne, annonça Steve d'une voix forcée et tremblante. J'ai besoin de prendre l'air.

Après avoir hoché la tête, Lucas se focalisa sur Autumn. Sans la lâcher du regard, il s'adressa à Robert :

— Avez-vous quelque chose pour la faire dormir ? Elle peut rester avec Julia cette nuit.

— Je vais bien, parvint à répondre Autumn en s'écartant de Steve. Je ne veux rien.

Ce n'était pas un rêve. C'était la réalité, et elle devait l'affronter.

— Ne t'inquiète pas pour moi, ce n'est pas moi qui suis morte. Je vais bien.

Au bord de l'hystérie, elle se mordit la lèvre pour couper court au flot de paroles.

— Venez, trésor.

Le bras de Julia remplaça ceux de Steve.

— Nous allons descendre au rez-de-chaussée et nous asseoir un moment. Elle va récupérer.

— Je veux…

— J'ai dit qu'elle allait récupérer, insista Julia en interrompant la protestation de Lucas. Je vais m'occuper d'elle. Fais ce que tu as à faire.

Avant qu'il ne puisse réagir, elle guida Autumn dans l'escalier.

— Asseyez-vous, ordonna-t-elle en lui indiquant le canapé. Vous avez besoin d'un verre.

En levant les yeux, Autumn vit le visage de Julia flotter au-dessus du sien.

— Vous êtes pâle, remarqua-t-elle bêtement.

Puis le brandy lui brûla la gorge, et d'un coup, le monde redevint clair et net.

— Ça ne m'étonne pas, murmura Julia en s'asseyant sur la table basse devant Autumn. Ça va mieux ?

Autumn but une autre gorgée.

— Oui, je crois.

Elle inspira profondément et regarda Julia dans les yeux.

— C'est vraiment en train d'arriver, n'est-ce pas ? Elle est vraiment là-haut, allongée par terre.

— Absolument.

Julia avala son brandy d'un trait. Ses joues reprirent progressivement leurs couleurs.

— Cette garce a finalement poussé le bouchon un peu trop loin.

Etonnée par sa voix dure, Autumn la dévisagea. Calmement, Julia posa son verre.

— Ecoutez, fit-elle d'un ton plus doux, mais les yeux toujours froids. Vous êtes forte, Autumn. Vous avez reçu un gros choc, mais vous n'allez pas vous effondrer.

— Non.

Autumn essaya de s'en convaincre, puis répéta d'une voix plus ferme :

— Non, je ne vais pas m'effondrer.

— C'est un vrai bourbier, et vous devez en être consciente.

Julia marqua une pause, puis se pencha en avant.

— Elle a été tuée par l'un d'entre nous.

Autumn se contenta de hocher la tête. Au fond, elle l'avait tout de suite compris. Maintenant que les faits avaient été exposés avec autant de simplicité, il n'y avait plus moyen de se voiler la face. Elle hocha de nouveau la tête et but le reste de brandy en une gorgée.

— Elle a eu ce qu'elle méritait, lâcha Julia.

— Julia !

Jacques entra dans le salon à grands pas. Son visage exprimait l'horreur et la désapprobation.

— Oh ! Jacques, Dieu merci. Donne-moi une de ces horribles cigarettes françaises. Et donnes-en une à Autumn. Elle en a bien besoin.

— Julia, fit-il en leur tendant machinalement son paquet, ce n'est pas le moment de parler comme ça.

— Je ne suis pas une hypocrite.

Julia aspira une bouffée, frissonna, puis tira de nouveau sur la cigarette.

— Je la détestais. La police va vite découvrir pourquoi nous la détestions tous.

— *Nom de Dieu !* Comment est-ce que tu peux rester aussi calme ?

Jacques avait explosé avec une rage passionnée dont Autumn ne l'aurait pas cru capable.

— Elle est morte, elle a été assassinée, cria-t-il, à bout de nerfs. N'as-tu pas vu avec quelle cruauté ? J'aurais préféré ne pas le voir.

Autumn tira une profonde bouffée, essayant de refouler l'image qui lui revenait à la mémoire. Elle hoqueta, s'étranglant à moitié avec la fumée.

— Autumn, pardonnez-moi.

La colère de Jacques s'évanouit. Il s'assit à côté d'elle et posa un bras sur ses épaules.

— Je n'aurais pas dû évoquer ça devant vous.

— Non, répliqua-t-elle en secouant la tête.

Elle écrasa sa cigarette, qui ne lui était d'aucune utilité.

— Julia a raison. Il faut faire face à la réalité.

Robert entra d'un pas lent et traînant.

— J'ai donné un calmant à Jane.

Avec un soupir, il se dirigea lui aussi vers le brandy.

— La nuit promet d'être longue.

Le silence retomba. La pluie faisait tellement partie du décor que plus personne n'y prêtait attention. Sans cesser de fumer, Jacques se mit à faire les cent pas, tandis que Robert allumait la cheminée. Un beau feu se mit à crépiter, mais sans dégager la moindre chaleur. Autumn se sentait toujours aussi glacée. En réaction, elle se versa un autre brandy, mais elle fut incapable de le boire.

Elle observa Julia. Cette dernière était assise et fumait lentement, en tirant de longues bouffées. De ses ongles roses, elle ne cessait de tapoter sur l'accoudoir du fauteuil, mais c'était le seul signe extérieur de son agitation. Ce tapotement, les craquements du feu et le bruissement de la pluie ne diminuaient en rien la force écrasante du silence.

Quand la porte d'entrée s'ouvrit, le petit bruit sec attira tous les regards. Aussitôt, des lignes de tension se tendirent, menaçant de rompre. Autumn attendit de voir le visage de Lucas. Tout irait bien, d'une façon ou d'une autre, tant qu'elle pouvait voir son visage.

— Impossible de franchir le gué, déclara-t-il brièvement en entrant dans la pièce.

Il ôta sa veste imbibée d'eau, puis fonça sur le brandy.

— A quel point est-ce grave ? demanda Robert.

Tout en parlant, il avait regardé tour à tour Lucas et Steve, avant de revenir sur Lucas. La chaîne de commandement avait déjà été établie.

— Assez pour nous garder ici un jour ou deux, répliqua Lucas.

Il avala une longue gorgée de brandy, puis regarda par la fenêtre. Il n'y avait rien d'autre à voir que le reflet de la pièce derrière lui.

— Et encore, s'il ne pleut plus d'ici demain matin.

Il se tourna et riva son regard sur Autumn. Il l'étudia longuement, attentivement. Une fois de plus, elle eut l'impression qu'ils n'étaient plus qu'eux deux, seuls au monde.

— Le téléphone, lâcha-t-elle, éprouvant le besoin de dire quelque chose, n'importe quoi. La ligne sera peut-être rétablie d'ici demain.

— N'y compte pas trop.

Lucas passa la main dans ses cheveux trempés, projetant de l'eau un peu partout.

— D'après la radio de la voiture, cette petite averse printanière est le contrecoup d'une tornade. Le courant est coupé dans toute cette partie de l'Etat.

Il alluma une cigarette en haussant les épaules.

— Nous allons devoir prendre notre mal en patience.

— Des jours…

Le teint toujours gris, Steve se laissa tomber sur le canapé à côté d'Autumn. Elle lui tendit le verre de brandy qu'elle avait délaissé.

— Ça peut prendre des jours.

— Fantastique, déclara Julia en se levant.

Elle marcha jusqu'à Lucas, lui prit la cigarette des doigts et aspira.

— Eh bien… Que diable allons-nous faire maintenant ?

— Pour commencer, nous allons condamner la chambre d'Helen, répondit Lucas en allumant une autre cigarette, les yeux rivés à ceux de Julia. Et ensuite, nous allons essayer de dormir un peu.

Chapitre 7

Aux premières lueurs d'une aube maussade, Autumn parvint à s'endormir. Elle avait passé la nuit les yeux grands ouverts, écoutant la respiration régulière de Julia à côté d'elle. Tout en enviant la capacité de l'actrice à dormir, elle avait résisté au sommeil. Si elle fermait les yeux, elle risquait de revoir ce qu'elle avait découvert en entrant dans la chambre d'Helen. Mais une fois dans les bras de Morphée, elle ne rêva pas. Son épuisement lui procura le réconfort de l'oubli.

Quelque chose, le silence peut-être, la tira du sommeil. Elle se réveilla d'un coup et se redressa dans le lit. Désorientée, elle regarda autour d'elle.

Le désordre régnait dans toute la pièce. Des foulards de soie et des chaînes dorées étaient drapés ici et là. La commode était encombrée de flacons élégants. Des petits escarpins italiens aux talons incroyablement hauts jonchaient le sol. Elle retrouva la mémoire.

Avec un soupir, elle se leva. Elle se sentait un peu ridicule dans la nuisette de soie noire de Julia, qui n'était pas du tout à sa taille. Un coup d'œil dans le miroir confirma son impression. Dieu merci, Julia s'était réveillée avant elle et était sortie. Mais elle n'avait voulu porter aucun des vêtements qui avaient peut-être survécu au saccage de sa chambre.

Elle s'apprêtait à revêtir son jean et son haut de la veille, lorsqu'elle vit une note posée dessus. L'écriture penchée et élégante était forcément celle de Julia.

Ma chère, prenez une culotte et un chemisier ou un pull dans mes affaires. J'ai bien peur que mes pantalons ne vous aillent pas. Vous êtes très longiligne. Vous ne portez pas de soutien-gorge et, de toute façon, l'idée que vous mettiez l'un des miens est ridicule.

J.

Autumn éclata de rire, et c'était sans doute ce que Julia avait prévu en écrivant ce petit mot. C'était si bon, tellement normal, de dire de nouveau… Julia savait exactement comment elle allait se sentir au réveil. Une vague de gratitude la submergea face à ce geste simple. Tandis qu'elle se douchait, laissant l'eau chaude glisser sur son corps.

De retour dans la chambre, elle sortit du tiroir une culotte transparente. Il y en avait toute une pile aux couleurs pastel, dont la valeur devait avoisiner celle d'un objectif grand angle. Après avoir enfilé l'un des pulls de Julia, elle retroussa les manches, trop courtes pour elle, jusqu'aux coudes. Lorsqu'elle sortit de la chambre, elle évita soigneusement de regarder la porte d'Helen.

— J'espérais que vous alliez dormir plus longtemps, Autumn.

Elle s'arrêta au bas de l'escalier et attendit que Steve la rejoigne. Le visage marqué par le manque de sommeil, il semblait plus âgé que la veille. L'ombre de son sourire enfantin apparut sur ses lèvres, mais n'atteignit pas ses yeux.

— Vous n'avez pas l'air de vous être reposée, remarqua-t-il en effleurant sa joue.

— Je doute que l'un d'entre nous y soit parvenu.

Il passa le bras autour de ses épaules avec une familiarité étonnante. Mais d'un certain côté, toute cette situation était étonnante, non ?

— Au moins, la pluie a diminué.

— Oh.

Lentement, elle enregistra cette information, et finit par émettre un petit rire.

— Je savais qu'il y avait quelque chose de différent. C'est le calme qui m'a réveillée… Où est…

Elle hésita, le nom de Lucas sur le bout de la langue.

—… le reste du groupe ? demanda-t-elle.

— Dans le salon, répondit-il, tout en la guidant vers la salle à manger. Mais commençons par prendre le petit déjeuner. Je n'ai pas mangé, et quant à vous, vous ne pouvez pas vous permettre de perdre un gramme.

— Comme c'est gentil à vous de me le rappeler.

Elle réussit à lui adresser une grimace amicale. S'il parvenait à faire l'effort d'agir normalement, elle pouvait y arriver elle aussi.

— Mais allons plutôt dans la cuisine, reprit-elle.

Comme d'habitude, tante Tabby était en train de donner des instructions à une Nancy très silencieuse. Elle se tourna en les entendant entrer, puis serra Autumn dans ses bras, l'enveloppant dans un bienheureux nuage de lavande.

— Oh ! Autumn, quelle horrible tragédie. Je ne sais quoi en penser.

Autumn resserra son étreinte, soulagée d'avoir quelque chose de solide à quoi se raccrocher.

— Lucas a dit que la pauvre femme avait été assassinée, mais ça semble incroyable, n'est-ce pas ?

Tante Tabby recula d'un pas et scruta le visage d'Autumn.

— Tu n'as pas bien dormi, ma chérie. C'est normal. Assieds-toi et mange ton petit déjeuner. C'est la meilleure chose à faire.

Quand elle le voulait, tante Tabby était tout à fait capable d'en revenir à l'essentiel, et ce constat rassura Autumn plus qu'aucun mot de réconfort. Elle et Steve s'assirent à la petite table, tandis que tante Tabby s'affairait dans la cuisine, échangeant quelques mots avec Nancy.

Les sons et les odeurs étaient simples et normaux : bacon, café, œufs qui grésillaient. Steve et tante Tabby avaient raison : c'était bien la meilleure chose à faire. La nourriture et la routine du quotidien allaient remettre un semblant d'ordre dans le chaos. Une fois l'ordre revenu, elle serait de nouveau en mesure de réfléchir.

En face d'elle, Steve sirotait son café, tandis qu'elle jouait avec ses œufs. Comme elle n'arrivait pas à retrouver son appétit habituel, elle engagea la discussion. Les questions qu'elle posa à Steve sur sa vie étaient générales et stupides, mais il répondit aussitôt à ses efforts. Ils se soutenaient mutuellement, comprit-elle en grignotant un bout de toast sans enthousiasme.

Steve avait beaucoup voyagé grâce à son rôle de médiateur pour le conglomérat de son père. Il avait effectué des tâches diverses et variées dans tout le pays. Il traitait l'argent avec l'indifférence désinvolte de celui qui en a toujours eu, mais elle le sentait dévoué à l'entreprise qui lui garantissait cette richesse. Il évoqua son père avec respect et admiration.

— Il est un peu un symbole de succès et d'ingéniosité, déclara-t-il en poussant le contenu de son assiette encore à moitié pleine d'un côté à l'autre. Il a dû monter les échelons avant d'arriver au sommet. C'est un dur à cuire.

Il sourit et haussa les épaules.

— Il le mérite, ajouta-t-il au bout d'un petit silence.

— Que pense-t-il de votre incursion en politique ? demanda-t-elle.

— Il me soutient.

Après avoir jeté un coup d'œil sur l'assiette d'Autumn, il lui adressa un regard éloquent. Elle se contenta de sourire en secouant la tête.

— En tout cas, il m'a toujours encouragé. « Fais ce que tu veux et fais-le bien », poursuivit-il en souriant de nouveau. Il est dur, mais comme je me débrouille bien, et que j'ai l'intention que ça dure, nous serons tous les deux satisfaits. J'aime le travail administratif.

Il fit un geste des deux mains, comme s'il s'en excusait.

— Organiser les choses. Améliorer le système de l'intérieur.

— Ce n'est sûrement pas aussi facile que ça en a l'air, remarqua Autumn, désireuse de se montrer encourageante.

— Non, mais…

Il s'interrompit en secouant la tête.

— Ne me lancez pas sur le sujet, sinon je vais partir dans un discours.

Il termina sa seconde tasse de café.

— Et des discours, je ne vais pas arrêter d'en faire quand je retournerai en Californie pour le lancement de ma campagne officielle.

— Je viens de me rendre compte que vous, Lucas, Julia et Jacques venez tous de Californie.

Elle repoussa ses cheveux dans son dos, tandis qu'elle réfléchissait à cette coïncidence. C'était en effet plutôt amusant qu'ils viennent tous de la même région. Etrange, même.

— C'est étrange qu'autant de personnes de la côte Ouest soient ici au même moment.

— Les Spicer, également, fit tante Tabby.

Elle se trouvait de l'autre côté de la pièce, disposant des tartes dans le four d'un air concentré.

— Oui, reprit-elle, je suis presque sûre que le Dr Spicer m'a dit qu'ils venaient de Californie. Il fait tellement beau et chaud, là-bas. Bon…

Elle tapota la grille, comme pour l'encourager à bien soutenir ses tartes.

— Je dois m'occuper des chambres. Je t'ai mise à côté de celle de Lucas, Autumn. Ce qui est arrivé à tes vêtements est épouvantable. Je vais les faire nettoyer.

— Je vais t'aider, tante Tabby, déclara Autumn en repoussant son assiette et en se levant.

— Oh non, ma chérie, le pressing s'en chargera.

Sourire ne lui demanda pas autant d'efforts qu'elle l'aurait cru.

— Je parlais des chambres.

— Oh…, s'exclama tante Tabby avant de faire claquer sa langue. C'est très gentil de ta part, Autumn, mais…

Une lueur d'angoisse apparut dans ses yeux.

— J'ai mon propre système, vois-tu. Tu risquerais de m'embrouiller. C'est une question de nombres.

Sans même lui laisser le temps de riposter, elle lui toucha la joue d'un air désolé et sortit à la hâte. Bien qu'un peu étonnée, Autumn n'insista pas.

Maintenant, il ne leur restait plus qu'à rejoindre les autres dans le salon.

Debout près de la fenêtre, Autumn contemplait la pluie. Même si elle s'était transformée en simple bruine, elle lui faisait l'effet de barreaux de prison. Si seulement le soleil voulait bien pointer son nez, songea-t-elle en se retournant vers les autres. La conversation languissait et de toute façon la moindre phrase prononcée était en rapport avec Helen Easterman. Ils auraient sans doute mieux fait de se réfugicr dans leurs chambres, mais la nature humaine ne nous poussait-elle pas à nous regrouper ?

Assis sur le canapé, Julia et Lucas échangeaient quelques mots à mi-voix. A plusieurs reprises, Autumn surprit le regard de Lucas sur elle. Elle était trop vulnérable pour gérer les sensations que ces yeux inquisiteurs pouvaient provoquer. Elle lui tourna le dos et regarda de nouveau la pluie.

— Je pense vraiment qu'il est temps d'en parler, annonça Julia soudainement.

— Julia…

La voix de Jacques était à la fois tendue et lasse.

— Nous ne pouvons pas continuer comme ça, affirma l'actrice avec fermeté. A force, nous allons tous perdre la tête. Steve est en train d'user le parquet, Robert n'aura bientôt plus de bois à aller chercher, et si tu fumes une cigarette de plus, tu vas t'effondrer.

Par esprit de contradiction, elle s'en alluma une autre.

— A moins de prétendre qu'Helen s'est poignardée toute seule, nous devons faire face au fait que l'un d'entre nous l'a tuée.

La voix calme et détachée de Lucas rompit le profond silence.

— Je pense que nous pouvons éliminer la thèse du suicide.

Il regarda Autumn presser son front contre la vitre.

— Comme par hasard, aucun d'entre nous n'a d'alibi. En écartant Autumn et sa tante, ça laisse six suspects.

Quand elle se détourna de la fenêtre, elle trouva tous les yeux fixés sur elle.

— Pour quelle raison ne serais-je pas soupçonnée comme les autres ?

Elle frissonna et s'entoura de ses bras. Comme si ce geste dérisoire pouvait la réchauffer !

— Tu as dit que personne n'avait d'alibi.

— Le mobile, chaton, répondit-il simplement. Tu es la seule dans cette pièce à ne pas en avoir.

— Le mobile ?

Cela ressemblait trop à un des scénarios qu'il écrivait. Tout cela finissait par devenir ridicule. Elle devait se raccrocher à la réalité.

— Et de quel mobile s'agirait-il ?

— Le chantage.

Bouche bée, elle regarda Lucas allumer une cigarette.

— Helen était une sangsue professionnelle. Elle pensait s'être dégoté une vraie petite mine d'or grâce à nous six.

Il leva les yeux pour lui lancer un de ses fameux regards.

— Elle a mal évalué son coup.

— Du chantage, marmonna Autumn en le dévisageant. Tu… Tu inventes. C'est seulement l'un de tes scénarios.

Il attendit un instant, les yeux rivés aux siens.

— Non.

— Comment en êtes-vous sûr ? demanda Steve, attirant l'attention de Lucas. Si elle vous faisait chanter, ça ne veut pas forcément dire qu'elle en faisait autant avec nous autres.

— Très astucieux, Lucas, coupa Julia.

Elle lui caressa le bras, puis laissa sa main sur la sienne.

— Je n'avais aucune idée qu'elle avait planté ses crocs dans quelqu'un d'autre que nous trois, poursuivit-elle.

Jetant un coup d'œil à Jacques, elle haussa les épaules avec insouciance.

— Nous sommes donc en bonne compagnie.

De plus en plus incrédule, Autumn laissa échapper un petit son, et Julia tourna la tête vers elle. Son expression était à la fois compatissante et amusée.

— N'ayez pas l'air aussi surprise, trésor. La

plupart d'entre nous avons des secrets que nous n'aimerions pas voir rendus publics. Je l'aurais peut-être payée si elle m'avait fait chanter avec quelque chose de plus intéressant.

Elle s'appuya contre son dossier en faisant la moue.

— Une aventure avec un sénateur marié... Je crois en avoir déjà parlé, fit-elle en adressant un sourire rapide à Autumn. Elle a menacé de tout divulguer, mais ce n'était pas ça qui allait me faire trembler. Je n'ai pas honte de mes liaisons. Je l'ai envoyée au diable. Bien sûr, ajouta-t-elle d'un air amusé, il n'y a que moi pour le dire, n'est-ce pas ?

— Julia, cesse de plaisanter, fit Jacques en se frottant les yeux.

— Je suis désolée.

Visiblement sincère, Julia vint se percher sur l'accoudoir du fauteuil où Jacques était assis et lui posa la main sur l'épaule.

— C'est de la folie, déclara Autumn.

Incapable de bien saisir ce qui se passait, elle étudia les visages qui l'entouraient. Ces gens étaient de nouveau des inconnus aux secrets bien gardés. Comment avait-elle pu imaginer qu'elle avait eu le temps de les connaître.

— Qu'est-ce que vous faites ici ? Pourquoi êtes-vous venus ?

— C'est très simple, répondit Lucas.

Il se leva et s'avança vers elle, mais n'eut pas le même geste de réconfort que Julia.

— J'avais prévu de venir ici pour des raisons

qui me sont propres. Helen l'a découvert. Elle était très douée, trop douée, pour découvrir les choses. Elle a appris que Julia et Jacques comptaient me rejoindre.

Il se tourna et son corps la dissimula à moitié au reste du groupe. Etait-ce pour la protéger ? Ou pour la défendre ?

— Elle a dû contacter les autres et a fait le nécessaire pour avoir tous ses… clients ici d'un coup, acheva Lucas.

— Vous avez l'air d'en savoir long, marmonna Robert.

Il tisonna le feu qui n'en avait pas besoin.

— Ce n'est pas difficile à décrypter, répliqua Lucas. Je savais qu'elle faisait peser de sales petites menaces sur trois d'entre nous. Nous en avions déjà discuté. Quand j'ai remarqué l'attention qu'elle accordait à Anderson, ainsi qu'à vous et votre femme, j'ai compris qu'elle avait trouvé d'autres victimes.

Jane se mit à pleurer à gros sanglots convulsifs. Instinctivement, Autumn contourna Lucas pour aller la consoler. Mais elle n'avait pas fait deux pas que Jane lui lançait un regard aussi dur qu'un coup de poing en pleine mâchoire.

— Vous auriez pu le faire aussi facilement que n'importe qui d'autre. Vous n'avez pas arrêté de nous espionner, avec votre appareil photo.

Jane avait haussé la voix. Son ton était si cassant, si menaçant qu'Autumn se figea sur place.

— Vous travailliez pour elle, vous auriez pu

le faire. Vous ne pouvez pas prouver le contraire. J'étais avec Robert.

Elle n'avait plus rien de fade ou d'ennuyeux. Ses yeux brillaient d'une lueur farouche.

— J'étais avec Robert. Il vous le dira.

Son mari l'entoura de son bras. Tandis qu'elle sanglotait contre son épaule, il lui parla d'une voix basse et rassurante. Autumn ne bougea pas. Elle était tétanisée, incapable de savoir que faire, comment réagir.

— Elle allait te dire que je m'étais remise à jouer, elle allait te parler de tout l'argent que j'ai perdu.

Elle s'accrocha à lui, pitoyable dans sa vilaine robe marron. Robert continua à murmurer et à lui caresser les cheveux.

— Mais je te l'ai dit hier soir, je t'ai tout avoué moi-même. Je ne pouvais plus la payer, alors je t'ai tout raconté. Je ne l'ai pas tuée, Robert. Dis-leur que je ne l'ai pas tuée.

— Bien sûr que non, Jane. Tout le monde le sait. Viens avec moi, tu es fatiguée. Nous allons monter.

Tout en parlant, il la guida à travers le salon. Quand il croisa le regard d'Autumn, l'expression dans ses yeux semblait à la fois présenter des excuses et implorer sa compréhension. Autumn en fut surprise. Ainsi, Robert aimait profondément cette femme froide et acariâtre.

Autumn se détourna, humiliée pour Jane et désolée pour Robert. Ses mains tremblaient légèrement à cause de ce nouveau choc. Quand Steve passa le bras autour de ses épaules, elle s'appuya contre lui, profitant de son réconfort.

— Je crois que nous avons tous besoin de boire un coup, annonça Julia.

Elle marcha jusqu'au bar, versa un grand verre de xérès et l'apporta à Autumn.

— A commencer par vous, ordonna-t-elle en lui mettant le verre dans la main. C'est pour Autumn que cette situation est le plus pénible. Ça semble plutôt injuste, n'est-ce pas, Lucas ?

Elle soutint son regard un instant, puis se tourna de nouveau vers le bar. Il ne répondit pas. Julia poursuivit, visiblement décidée à ne rien leur épargner.

— Elle est sûrement la seule d'entre nous que la mort d'Helen attriste vaguement.

Autumn but, dans l'espoir que l'alcool atténue l'effet de ces mots.

— C'était un vautour, murmura Jacques, tout en échangeant un regard lourd de sens avec Julia. Mais même un vautour ne mérite pas d'être assassiné.

Il se pencha en arrière, acceptant le verre que Julia lui tendait. Lorsqu'elle se rassit sur l'accoudoir de son fauteuil, il lui prit la main.

— Mon mobile est peut-être le plus solide, déclara-t-il en avalant une longue gorgée. Quand la police viendra, tout sera examiné en profondeur. Analysé comme sous un microscope.

Il regarda Autumn, comme s'il lui adressait ses explications.

— Elle menaçait le bonheur de ceux qui comptent le plus pour moi : la femme que j'aime et mes enfants.

Autumn lança un rapide coup d'œil à Julia.

— Les informations qu'elle avait concernant ma relation avec cette femme auraient pu nuire à la procédure de demande de garde que j'ai lancée. La beauté de cet amour n'avait aucune importance aux yeux d'Helen. Elle l'aurait transformé en quelque chose de sordide et de laid.

Autumn referma les mains sur son verre. Elle voulait demander à Jacques de se taire, lui dire qu'elle ne voulait rien entendre et ne voulait pas être mêlée à leurs histoires. Mais c'était trop tard. Elle était déjà impliquée.

— J'étais furieux quand elle est arrivée ici, avec son sourire suffisant et ses yeux maléfiques, avoua-t-il en baissant les yeux. Bien des fois, j'ai rêvé de serrer son cou entre mes doigts, j'ai eu envie de la frapper au visage comme quelqu'un d'autre l'a fait.

— D'ailleurs, je me demande de qui il s'agit, intervint Julia en se mordillant la lèvre pensivement. La personne qui a fait ça était en colère, peut-être assez pour tuer.

Ses yeux balayèrent Steve, Autumn et Lucas.

— Vous étiez à l'auberge, ce matin-là, affirma Autumn en regardant Julia.

Sa voix lui parut étrangement grêle.

— En effet, répondit l'actrice en souriant. Ou du moins, c'est ce que j'ai dit. Etre au lit, toute seule, n'a rien d'un alibi irréfutable. Non…

Elle s'appuya contre le dossier du fauteuil.

— Je pense que la police voudra savoir qui a fait ce bleu à Helen. Vous êtes arrivée avec elle, Autumn. Avez-vous vu qui que ce soit ?

— Non.

Autumn tourna aussitôt les yeux vers Lucas. Il la fixait déjà de son regard sombre, où elle pouvait lire des signes de colère et d'impatience. Elle se remit à contempler son verre.

— Non. Je…

Comment pouvait-elle le dire ? Comment pouvait-elle même le penser ?

— Ça suffit comme ça pour l'instant, déclara Steve, venant à son secours sans le savoir.

Il mit son bras autour d'elle d'un geste protecteur.

— Nos problèmes ne concernent pas Autumn. Elle ne mérite pas de subir tout ça.

— Pauvre petite, fit Jacques en l'étudiant avec sollicitude. Vous avez vraiment mis les pieds dans un nid de vipères. Allez dormir, oubliez-nous pendant quelques heures.

— Venez, Autumn, je vous accompagne là-haut.

Steve lui prit le verre de la main et le posa sur la table. Après un dernier regard vers Lucas, elle le suivit.

Chapitre 8

Ils montèrent les marches en silence. Autumn s'efforçait d'émerger de la torpeur qui paralysait son cerveau. Elle n'avait pas réussi à absorber tout ce qu'elle venait d'apprendre. Ils passèrent rapidement devant la porte d'Helen, puis Steve s'arrêta près de la chambre contiguë à celle de Lucas.

— Votre tante parlait-elle de cette chambre-là ?

— Oui.

Elle leva les mains pour écarter ses cheveux de son visage.

— Steve…

Elle l'étudia et eut un instant d'hésitation.

— Est-ce que c'est vrai ? Tout ce que Lucas a dit ? Helen vous faisait-elle tous chanter ?

En remarquant l'expression gênée dans ses yeux, elle secoua la tête.

— Je ne veux pas être indiscrète, mais…

— Non, coupa-t-il, avant de pousser un long soupir. Dans cette situation, ce n'est plus vraiment de l'indiscrétion. Vous n'êtes pas mêlée à tout ça, mais vous êtes prise au piège, n'est-ce pas ?

L'expression était si adaptée, si proche de ce qu'elle

ressentait qu'elle faillit éclater de rire. « Prise au piège »... Oui, c'était exactement ce qui lui arrivait.

— Il semble que McLean ait vu juste. Helen avait des informations concernant une affaire que j'ai conclue pour l'entreprise. C'était parfaitement légal, mais...

Avec un sourire chagrin, il haussa les épaules.

— Peut-être pas aussi parfaitement que ça aurait dû l'être. Il y avait un doute d'ordre éthique, qui aurait fait mauvais effet sur le papier. Ce serait trop compliqué d'entrer dans les détails, mais en résumé, je ne voulais pas d'ombres sur ma carrière. De nos jours, quand on entre en politique, il faut couvrir tous les angles.

— Les angles, répéta-t-elle en pressant les doigts contre sa tempe. Oui, je suppose que c'est nécessaire.

— Elle m'a menacé, Autumn, et ça ne m'a pas plu... mais pas au point d'en venir au meurtre.

Il prit une rapide inspiration, puis secoua la tête.

— Mais ça ne vous est pas vraiment d'une grande aide, n'est-ce pas ? Il y a peu de chances que l'un d'entre nous soit prêt à l'avouer.

— J'apprécie quand même que vous me le disiez, répliqua-t-elle.

Steve la contemplait avec des yeux pleins de douceur, mais son visage restait marqué par le stress et la fatigue.

— Ça ne doit pas être agréable de devoir vous justifier.

— Je vais devoir le faire avec la police dans

peu de temps, répondit-il d'un ton grave, avant de remarquer son expression. Ça ne me dérange pas de vous le dire, Autumn, si ça vous aide de le savoir. Julia a raison.

Il lui toucha les cheveux d'un air absent.

— C'est beaucoup plus sain d'en discuter ouvertement. Mais vous en avez assez appris pour l'instant.

Il lui sourit, puis sembla s'apercevoir que ses doigts étaient toujours enfouis dans ses cheveux.

— J'imagine que vous avez l'habitude. C'est dur de résister à vos cheveux. J'ai eu envie de les toucher dès que je les ai vus. Ça vous embête ?

— Non.

Elle ne fut pas surprise quand il la prit dans ses bras pour l'embrasser. C'était un baiser simple, qui semblait plus fait pour réconforter que pour éveiller le désir. Elle se détendit et y répondit de son mieux.

— Vous allez réussir à vous reposer ? murmura Steve en la serrant contre lui un instant.

— Oui. Oui, ça ira. Merci.

Elle s'écarta pour mieux le regarder, mais son attention fut attirée par quelque chose... quelqu'un d'autre. Lucas se tenait sur le seuil de sa chambre, les yeux fixés sur eux. Sans rien dire, il disparut à l'intérieur.

Une fois seule, elle s'étendit sur le dessus-de-lit blanc, mais ne parvint pas à s'endormir. L'épuisement pesait sur son esprit et lui engourdissait le corps, mais le sommeil, comme un amant rancunier, gardait ses distances. Le temps s'écoula lentement, tandis qu'elle passait en revue chaque membre du groupe.

Elle éprouvait de la compassion pour Jacques et les Spicer. Elle se souvenait des yeux du Français pendant qu'il parlait de ses enfants et voyait encore Robert en train de protéger sa femme en larmes. Au contraire, Julia n'inspirait aucune pitié. Elle en était persuadée, l'actrice était capable de s'occuper d'elle-même. Elle n'avait pas besoin de bras réconfortants ou de mots rassurants. Steve avait également eu l'air plus ennuyé que fâché par les menaces d'Helen. Lui aussi semblait pouvoir se débrouiller seul. Derrière son charme très côte Ouest, il avait le sens pratique, c'était évident. Elle ne se faisait pas de souci pour lui.

Les choses étaient encore différentes avec Lucas. C'était lui qui avait poussé les autres aux confidences, tout en gardant secrète la menace exercée sur lui par Helen. Lorsqu'il avait parlé de chantage, il était resté d'un calme olympien, mais elle le connaissait. Il était tout à fait capable de masquer ses émotions en cas de besoin. C'était un homme dur. Elle était bien placée pour le savoir, d'ailleurs.

Cruel ? Oui, sans doute. Lucas pouvait être cruel. Elle avait toujours les cicatrices pour le prouver. Mais commettre un meurtre ? Non. Elle ne pouvait imaginer Lucas en train de plonger un objet pointu dans le corps d'Helen Easterman. Des ciseaux… Elle les revoyait parfaitement, même si elle essayait de toutes ses forces d'oublier cette image. Des ciseaux qui gisaient sur le sol à côté d'Helen. Non, elle ne pouvait le croire capable d'un tel geste. Elle s'y refusait.

Mais, en toute logique, elle ne pouvait pas plus l'imaginer d'un des autres pensionnaires. Leurs visages choqués et leurs yeux cernés dissimulaient-ils une telle haine, une telle laideur ?

Pourtant l'un d'entre eux était forcément l'assassin.

Elle s'obligea à refouler cette constatation de son esprit. Elle ne voulait plus y penser. En tout cas, pas maintenant. Elle devait suivre le conseil de Steve et se reposer. Mais elle se leva et marcha jusqu'à la fenêtre, d'où elle regarda la pluie tomber.

Le coup frappé à sa porte lui fit l'effet d'une déflagration. Elle fit volte-face en croisant les bras devant elle, comme pour se protéger. Son cœur se mit à tambouriner dans sa poitrine, tandis que sa gorge s'asséchait. *Arrête !* s'ordonna-t-elle. Personne n'avait la moindre raison de lui faire du mal.

— Entrez.

Le ton calme de sa voix la soulagea. Elle tenait toujours le coup.

Robert franchit le pas de la porte. Il avait l'air terriblement las et affligé. Oubliant sa peur, elle tendit automatiquement les bras vers lui. Il prit ses mains dans les siennes et les serra une fois avec force.

— Il faut que vous mangiez, affirma-t-il en l'observant. Ça se voit à votre visage.

— Oui, je sais. Mes joues me trahissent toujours.

Elle l'inspecta à son tour.

— Vous aussi, vous devriez avaler quelque chose.

Il poussa un long soupir.

— J'ai l'impression que vous êtes une de ces rares créatures à être naturellement généreuses. Je suis désolé, pour ma femme.

— Non, je vous en prie. Elle ne le pensait pas. Nous sommes tous bouleversés. C'est un vrai cauchemar.

— Elle a été mise à rude épreuve. Avant…

Il s'interrompit en secouant la tête.

— A présent, elle dort. Votre bosse…

Il repoussa les cheveux sur son front pour examiner le bleu multicolore.

— Est-ce que ça vous fait mal ?

— Non, pas du tout. Je vais bien.

L'incident dans la chambre noire ressemblait désormais à une scène humoristique au milieu d'un mélodrame.

— Puis-je faire quelque chose pour vous, Robert ? lui demanda-t-elle enfin.

Il lui jeta un regard désespéré, avant de détourner les yeux.

— Cette femme a fait vivre un enfer à Jane. Si je l'avais su, j'y aurais mis un terme depuis longtemps.

La colère remplaça la lassitude, et il se mit à arpenter la pièce.

— Elle l'a harcelée, lui a pris tout l'argent que Jane parvenait à obtenir. Elle a tiré profit d'une maladie, c'est elle qui encourageait Jane à jouer pour effectuer les paiements. Je n'étais au courant de rien ! J'aurais dû le savoir. Hier, Jane m'a tout raconté, et j'étais prêt à m'occuper de cette sale bonne femme ce matin, s'exclama-t-il en serrant les poings. C'est la seule raison pour laquelle je suis désolé qu'elle soit morte.

— Robert…

Elle ne savait pas quoi dire. C'était la première fois qu'elle voyait cet aspect de son caractère.

— Tout le monde ressentirait la même chose, déclara-t-elle prudemment. C'était une mauvaise femme, et elle a fait du mal à quelqu'un que vous aimez.

Elle le vit qui détendait sa main gauche un doigt après l'autre.

— Ce n'est sans doute pas gentil, reprit-elle, mais aucun d'entre nous ne va la pleurer. Peut-être que personne d'autre ne le fera. Je trouve ça très triste.

Il se tourna vers elle pour la fixer de nouveau. Au bout d'un moment, il sembla retrouver le contrôle de ses émotions.

— Je suis désolé que vous soyez mêlée à tout ça.

La colère avait disparu de son regard, ne laissant que la vulnérabilité.

— Il faut que je retourne jeter un œil sur Jane. Ça va aller ?

— Oui.

Elle le regarda partir, puis, une fois qu'elle fut seule, elle s'effondra dans un fauteuil. Chaque nouvel événement l'épuisait davantage. Elle ne l'aurait pas cru possible, mais elle était encore plus exténuée qu'avant. Quand cette folie avait-elle commencé ? Quelques jours plus tôt, elle était en sécurité dans son appartement de Manhattan. Elle ne connaissait aucune des personnes qui l'entouraient à présent. Sauf une.

Alors même qu'elle pensait à lui, Lucas entra dans la chambre. Il avança vers elle à grands pas, l'observa et fronça les sourcils.

— Il faut que tu manges, déclara-t-il brusquement.

Cela commençait à devenir vraiment lassant. Mais que pouvait-elle dire ?

— Tu es déjà trop mince. Et en une seule journée on a l'impression que tu as perdu cinq kilos.

— J'adore tes compliments.

Agacée par sa façon d'entrer dans sa chambre comme en territoire conquis et ses mots arrogants, elle sentit un regain d'énergie. Elle n'avait plus à se laisser maltraiter par Lucas McLean.

— On ne t'a jamais appris à frapper ?

— J'ai toujours apprécié ton physique gracile, chaton. Et tu t'en souviens.

Il l'obligea à se lever, puis la plaqua contre lui. Une bouffée de colère l'envahit alors.

— Anderson a l'air d'avoir succombé au charme, lui aussi. Est-ce que ça t'est venu à l'esprit que tu embrassais peut-être un meurtrier ?

Il parlait doucement, tout en lui caressant le dos d'une main. Ses yeux étaient moqueurs. Brisée par les efforts qu'elle devait faire pour résister au besoin qu'elle avait de lui, elle perdit son sang-froid.

— Et j'ai peut-être un meurtrier en face de moi en ce moment même, s'exclama-t-elle.

Elle poussa un cri de surprise quand il resserra sa prise sur ses cheveux. L'expression moqueuse laissa place à une rage brûlante et terrifiante.

— Tu aimerais bien le croire, pas vrai ? Ça te plairait de me voir croupir en prison, ou mieux encore, pendre au bout d'une corde.

Elle aurait secoué la tête, mais les mains de Lucas l'en empêchèrent.

— Est-ce que ce serait le châtiment mérité pour t'avoir plaquée, chaton ? A quel point me détestes-tu ? Assez pour actionner le levier ?

— Non, Lucas. S'il te plaît, je ne voulais pas…

— Tu parles ! coupa-t-il. Tu n'as aucun mal à m'imaginer avec du sang sur les mains. Tu me donnerais volontiers le rôle du meurtrier, hein ? Debout, au-dessus d'Helen, les ciseaux à la main ?

— Non !

Impuissante, elle ferma les yeux.

— Arrête ! Je t'en prie, arrête.

Il lui faisait mal, mais pas avec ses mains. Ses mots la blessaient plus profondément.

Changeant brusquement d'humeur, il baissa la voix. Elle sentit un frisson glacé lui parcourir l'échine.

— J'aurais pu utiliser mes mains, ça aurait été plus propre.

Il encercla sa gorge avec sa main forte aux longs doigts minces. Elle rouvrit aussitôt les yeux.

— Lucas…

— Net et sans bavure, poursuivit-il en la regardant écarquiller les yeux. Et rapide, quand on sait comment s'y prendre. C'est plus mon style. Une façon plus directe, pour reprendre tes mots, d'arriver à mes fins. Qu'est-ce que tu en dis ?

— Tu essaies seulement de me faire peur.

Sa respiration devint tremblante et saccadée. Il semblait déterminé à lui montrer ce qu'il y avait de pire en lui, à lui laisser croire qu'il était capable de commettre un acte monstrueux. Que lui prenait-il ? Elle ne l'avait jamais vu comme cela. Il avait les yeux noirs de colère, tandis que sa voix était glaciale. Elle frissonna.

— Je veux que tu t'en ailles, Lucas. Sors d'ici tout de suite.

— Que je sorte ?

Il glissa la main de sa gorge à l'arrière de son cou.

— Je ne crois pas, non, chaton.

Son visage se rapprocha du sien.

— Si je dois être pendu pour meurtre, je ferais mieux de chercher un peu de réconfort tant que j'en ai l'occasion.

Quand sa bouche se colla à la sienne, elle se débattit. Elle était plus effrayée que lorsqu'elle avait allumé la lumière dans la chambre d'Helen. Elle ne pouvait que gémir, incapable de bouger tant il la serrait. Il glissa la main sous son pull et la referma sur son sein avec le savoir-faire d'un amant expérimenté. Leurs deux cœurs cognaient l'un contre l'autre.

— Comment quelqu'un d'aussi mince peut être aussi doux ? murmura-t-il contre ses lèvres.

Une douleur insupportable s'abattit sur elle. C'étaient ses mots… Des mots tant de fois répétés par le passé. Sauf que le désir de Lucas était encore plus impétueux, comme s'il était à bout de patience.

— J'ai tellement envie de toi, grogna-t-il en parsemant son cou de baisers. Hors de question que j'attende plus longtemps.

Ils tombèrent sur le lit. De toutes les forces qui lui restaient, elle se mit à lutter contre Lucas. Il lui bloqua les bras le long du corps et la regarda avec une sorte de fureur sauvage.

— Mords et griffe tant que tu veux, chaton. J'ai atteint mes limites.

— Je vais crier, Lucas, souffla-t-elle d'une voix tremblante. Si tu me touches de nouveau, je vais crier.

— Non, tu ne le feras pas.

Il l'embrassa de nouveau, la soumettant à sa volonté. Il moula son corps au sien avec une précision inouïe, de cette précision qui ne peut naître que d'une incroyable intimité. Avec l'énergie du désespoir, elle tenta de se dégager une dernière fois. Mais il la caressait partout, retrouvant les endroits secrets qu'il avait découverts trois ans plus tôt. Toute résistance était inutile. Les exigences passionnées qui avaient toujours caractérisé sa façon de faire l'amour brisaient sa résistance. Il la connaissait trop bien. Avant même qu'il ne trouve le bouton de son jean, elle sut qu'elle était sur le point de céder. Quand il relâcha sa bouche pour explorer son cou, le cri ne vint pas. Seul un gémissement réussit à sortir de sa gorge, un gémissement de plaisir. Elle était ivre de désir, ce désir puissant et sauvage que lui seul était capable d'éveiller en elle.

Il allait gagner, et elle n'allait rien faire pour l'en empêcher. Des larmes se mirent à couler sur ses joues. Il ne tarderait pas à découvrir qu'elle l'aimait encore, de cet amour pitoyable et constant. Voilà, il venait de lui voler sa fierté : il ne lui restait plus rien.

Il s'arrêta brusquement et recula pour la regarder. Malgré sa vue brouillée, elle crut voir un éclair de douleur sur son visage. De nouveau impassible, il écrasa une larme du bout du doigt, puis s'écarta d'elle en jurant.

— Non, je ne serai pas responsable de ça une nouvelle fois.

Il marcha jusqu'à la fenêtre, tandis qu'elle se redressait. Elle se recroquevilla en boule, luttant pour retenir ses larmes. Ne s'était-elle pas promis qu'il ne la verrait plus jamais pleurer ? Le silence sembla durer une éternité.

— Je ne te toucherai plus jamais comme ça, déclara-t-il doucement. Tu as ma parole, pour ce qu'elle vaut.

Elle crut l'entendre soupirer, puis il s'approcha d'elle. Elle ne releva pas la tête, mais ferma les yeux.

— Autumn, je… Oh ! bon sang…

Il lui effleura le bras, mais elle se replia sur elle-même dans un mouvement défensif.

Le silence retomba de nouveau, seulement troublé par le bruit de la pluie. Quand il reprit la parole, sa voix était dure et tendue.

— Quand tu te seras reposée, tu devrais manger quelque chose. Je demanderai à ta tante de t'envoyer un plateau si tu ne descends pas dîner. Je veillerai à ce que personne ne te dérange.

Elle l'entendit sortir en refermant doucement la porte. Une fois seule, elle se rallongea, toujours roulée en boule. Au bout d'un moment, le torrent de larmes la fit sombrer dans le sommeil.

Chapitre 9

La nuit était tombée quand Autumn se réveilla, mais elle ne se sentait pas reposée pour autant. Le sommeil n'avait été qu'un soulagement temporaire. Rien n'avait changé pendant qu'elle dormait. Pourtant... Elle regarda autour d'elle. Elle avait tort. Quelque chose avait changé : le silence régnait, un silence absolu. Elle se leva et marcha jusqu'à la fenêtre. Elle pouvait voir la lune et quelques étoiles. La pluie avait cessé.

Dans la pénombre, elle se rendit dans la salle de bains. Elle se lava le visage sans avoir le courage de regarder dans le miroir. Pendant quelques minutes, elle pressa un linge froid et humide contre ses yeux, espérant que le gonflement n'était pas aussi terrible qu'elle en avait l'impression. Une autre sensation se manifesta : la faim. C'était une bonne chose, une chose normale. La pluie avait cessé et le cauchemar allait se terminer. Il était temps d'aller manger.

Ses pieds nus sur le parquet ne troublèrent pas le calme qui planait sur l'auberge. Tant mieux. Elle voulait de la nourriture, pas de la compagnie. Mais en passant devant le salon, elle entendit un murmure de voix. Elle n'était pas seule. Les silhouettes de Julia et Jacques se détachaient sur la fenêtre. Ils parlaient à voix basse, sur un ton pressant. Avant qu'elle ne puisse se renfoncer dans l'ombre, Julia se tourna et l'aperçut. La conversation s'interrompit brusquement.

— Oh ! Autumn, vous êtes debout. Nous ne pensions pas vous voir émerger avant demain matin.

Elle la rejoignit, puis glissa un bras amical autour de sa taille.

— Lucas voulait vous faire monter un plateau, mais Robert a fait jouer son rang. Sur ordre du médecin, nous devions vous laisser dormir jusqu'à ce que vous vous réveilliez toute seule. Vous devez mourir de faim. Voyons un peu ce que votre tante a comme restes.

Tout en faisant la conversation, Julia l'éloignait délibérément du salon. D'un coup d'œil, Autumn vit tout de même que Jacques était toujours près de la fenêtre, immobile. Trop affamée pour protester, elle se laissa guider.

— Asseyez-vous, trésor, ordonna Julia en l'emmenant dans la cuisine. Je vais vous préparer un festin.

— Julia, vous n'avez pas à préparer quoi que ce soit. C'est très gentil, mais…

— Allons, laissez-moi jouer à la maman, l'interrompit Julia, en appuyant sur son épaule jusqu'à ce qu'elle s'asseye. Vous avez dépassé la phase des doigts collants, alors je trouve ça amusant.

Autumn parvint à sourire.

— Vous n'allez pas me dire que vous savez cuisiner.

Julia la regarda, un sourcil levé.

— Je ne pense pas que vous deviez manger un plat trop lourd à cette heure de la nuit, déclara-t-elle avec douceur. Il reste un peu de la soupe délicieuse du dîner, et je vais vous cuisiner ma spécialité : une omelette au fromage.

Voir Julia Bond en train de s'affairer dans une cuisine, c'était tout simplement incroyable. L'actrice semblait bien se débrouiller, tout en alimentant une conversation enjouée et facile à suivre. Avec un petit geste théâtral, elle posa un verre de lait devant Autumn.

— Je n'aime pas tellement le lait, commença Autumn en jetant un coup d'œil vers la cafetière.

— Allons, buvez, ordonna Julia. Ces joues ont besoin de rosir un peu. Vous avez une mine affreuse.

— Merci.

De la soupe de poulet bouillante rejoignit le lait, et Autumn s'y attaqua avec détermination. La sensation de faiblesse dans ses membres disparut en partie.

— Brave petite, approuva Julia en servant l'omelette. Vous avez presque retrouvé figure humaine.

Autumn leva les yeux vers elle en souriant.

— Julia, vous êtes merveilleuse.

— Je sais, je sais. C'est de naissance.

Elle but une gorgée de café, tout en regardant Autumn entamer ses œufs.

— Je suis contente que vous ayez pu vous reposer. Cette journée m'a semblé durer un siècle.

Pour la première fois, Autumn remarqua les ombres violettes sous les yeux de l'actrice. La culpabilité l'envahit.

— Je suis désolée. Vous devriez être au lit, pas en train de me faire la cuisine.

— Vous êtes vraiment adorable, répliqua Julia en tirant sur sa cigarette. Je n'ai pas envie de monter dans ma chambre tant que je ne tomberai pas de fatigue. Et, très égoïstement, je suis prête à vous garder avec moi jusqu'à ce que ça arrive. En fait, Autumn, fit-elle en la regardant à travers un nuage de fumée, je me demande si c'est très raisonnable de votre part de vous promener comme ça toute seule.

— Comment ça ? demanda Autumn en fronçant les sourcils. Que voulez-vous dire ?

— C'est votre chambre qui a été vandalisée, fit Julia.

— Oui, mais…

Avec tout ce qui s'était passé, elle n'avait presque plus pensé à cet incident.

— C'était sûrement Helen, dit-elle mais sans être vraiment convaincue.

— Oh ! j'en doute, rétorqua Julia en continuant à siroter son café d'un air pensif. J'en doute sincèrement. Si Helen s'était invitée dans votre chambre, ça aurait été pour chercher de quoi vous faire chanter. Elle se serait montrée méthodique. Nous y avons réfléchi.

— Nous ?

— J'y ai réfléchi, corrigea Julia sans sourciller. Je pense que la personne qui a saccagé vos affaires cherchait quelque chose, puis a caché les traces de sa visite avec cette mise en scène.

Autumn réfléchit un instant. Toute cette histoire n'avait aucun sens, vraiment.

— Mais que cherchait-elle ? demanda-t-elle. Je n'ai rien qui puisse intéresser qui que ce soit ici.

— Vraiment ?

Julia passa le bout de sa langue sur ses dents.

— J'ai repensé à ce qui s'est passé dans votre chambre noire.

— Quand le courant a été coupé ? demanda Autumn en secouant la tête, puis en touchant le bleu sur son front. Je suis rentrée dans la porte, lâcha-t-elle après un petit instant de silence.

— En êtes-vous sûre ?

Julia s'adossa à sa chaise et étudia la lumière du plafond.

— Moi pas. Vous avez dit à Lucas qu'après avoir entendu un bruit à la porte, vous vous en êtes approchée. Et si…

Elle reporta son attention sur Autumn.

— Et si quelqu'un avait ouvert la porte à la volée, vous frappant en plein visage avec ?

— Elle était verrouillée, insista Autumn.

Puis elle se souvint que la porte était ouverte quand Lucas l'avait trouvée allongée par terre.

— Il y a des clés, trésor.

Son trouble devait se lire sur son visage, car Julia se tut et l'examina attentivement.

— A quoi pensez-vous ? demanda-t-elle.

— La porte était ouverte quand Lucas…

Autumn s'interrompit en secouant la tête.

— Non, Julia, c'est ridicule. Pourquoi quiconque voudrait me faire une chose pareille ?

L'actrice haussa un sourcil.

— C'est une question intéressante. Et votre pellicule abîmée ?

— La pellicule ? fit Autumn, perplexe. C'était sûrement un accident.

— Vous ne l'avez pas voilée, Autumn. Vous êtes trop compétente.

Julia marqua une pause. De plus en plus mal à l'aise, Autumn regarda ses mains posées sur la table.

— Je vous ai observée. Vos mouvements sont très fluides, très assurés. Et vous êtes une professionnelle. Vous n'abîmeriez pas une pellicule sans vous en rendre compte.

— Non, acquiesça-t-elle en relevant les yeux pour regarder Julia calmement. Qu'essayez-vous de me dire ?

Elle était en effet étrangement calme maintenant, alors même qu'elle prenait conscience de la gravité de ce que Julia essayait de lui faire admettre.

— Et si quelqu'un était inquiet à propos d'une

photo qu'il ou elle ne veut pas voir développée ? La pellicule dans votre chambre a elle aussi été abîmée.

— Jusqu'ici, je peux suivre votre logique, Julia.

Autumn repoussa son assiette avec ce qui restait d'omelette.

— Mais elle ne mène à rien. Je n'ai pris aucun cliché qui pourrait préoccuper qui que ce soit. J'ai photographié le paysage : les arbres, les animaux, le lac.

— Peut-être que quelqu'un n'en est pas certain.

Julia écrasa rapidement sa cigarette et se pencha en avant.

— Une personne qui s'inquiète assez à propos d'une photo pour prendre le risque de vandaliser votre chambre et de vous assommer est dangereuse. Assez dangereuse pour commettre un meurtre et pour vous refaire du mal si nécessaire.

Autumn lui rendit son regard en retenant un frisson.

— Jane ? Jane m'a accusée de l'espionner, mais elle ne pourrait pas…

— Oh si, elle pourrait.

La voix de Julia était de nouveau dure et catégorique.

— Admettez-le, Autumn. Poussé dans ses retranchements, n'importe qui est capable de tuer. N'importe qui.

Autumn repensa à Lucas et à son expression quand il avait mis la main autour de son cou.

— Jane était désespérée, poursuivit l'actrice.

Elle prétend avoir tout confessé à Robert, mais qu'est-ce qui nous le prouve ? Ou bien c'est Robert, furieux de ce qu'Helen a fait subir à sa femme, qui est passé à l'acte. Il aime énormément Jane.

— Oui, je sais.

La brusque colère dans les yeux de Robert lui revint à l'esprit.

— Sans oublier Steve, ajouta Julia en tapotant du doigt sur la table. Il m'a dit qu'Helen avait découvert qu'il avait conclu une affaire peu judicieuse, potentiellement compromettante pour sa carrière politique. Il est très ambitieux.

— Mais, Julia…

— Et puis il y a Lucas, continua l'actrice, l'ignorant complètement. Il est impliqué dans un divorce, une procédure très délicate. Helen avait des informations qui, selon elle, auraient intéressé un certain mari délaissé.

Tandis qu'elle allumait une autre cigarette, un sourire fugace éclaira son visage. Comment pouvait-elle sourire tout en émettant des hypothèses aussi atroces ? Julia était vraiment incroyable.

— Lucas est réputé pour son mauvais caractère. C'est un homme très physique.

Autumn la regarda droit dans les yeux. Elle ne pouvait pas la laisser dire cela.

— Lucas est beaucoup de choses, pas toutes admirables, mais il ne tuerait personne.

Julia sourit en silence, puis rapprocha la cigarette de ses lèvres.

— Ensuite, il y a moi.

Son sourire s'accentua.

— Bien sûr, je prétends me moquer des menaces d'Helen comme de l'an quarante, mais je suis une actrice. Et une bonne actrice. J'ai un Oscar pour le prouver. Comme Lucas, j'ai mon caractère, et ce n'est un secret pour personne. Je pourrais vous donner une liste de réalisateurs qui vous diraient que je suis prête à tout.

Nonchalamment, elle tapota sa cigarette au-dessus du cendrier.

— Mais si je l'avais tuée, j'aurais planté un tout autre décor. C'est moi qui aurais découvert le cadavre. J'aurais poussé un hurlement, puis me serais évanouie avec beaucoup d'allure. Vous m'avez volé la vedette.

— Ce n'est pas drôle, Julia.

— Non, répondit-elle en se frottant la tempe. Toujours est-il que j'aurais pu tuer Helen, et que vous êtes beaucoup trop confiante.

— Si vous l'aviez tuée, rétorqua Autumn, pourquoi m'auriez-vous avertie ?

— Bluff et double bluff, répondit Julia avec un nouveau sourire qui fit frissonner Autumn. Ne faites confiance à personne, même pas à moi.

Autumn refusait de se laisser effrayer par Julia, même s'il était évident que c'était bien l'intention de cette dernière. Elle garda son calme.

— Vous avez laissé Jacques de côté.

A sa grande surprise, Julia cilla, puis baissa les

yeux. Les doigts fuselés écrasèrent la cigarette avec assez de force pour casser le filtre.

— En effet. Je suppose que vous devriez le soupçonner comme le reste d'entre nous, mais je sais...

Quand elle releva les yeux, Autumn y lut de la vulnérabilité.

— Je sais qu'il est incapable de faire du mal à qui que ce soit.

— Vous êtes amoureuse de lui.

Julia lui adressa un magnifique sourire.

— J'aime beaucoup Jacques, mais pas de cette façon.

Elle se leva, prit une autre tasse et leur versa du café.

— Je le connais depuis dix ans. C'est la seule personne au monde à qui je tienne plus qu'à moi-même. Nous sommes amis, de vrais amis, sûrement parce que nous n'avons jamais été amants.

Autumn but son café noir, pour bénéficier pleinement des effets de la caféine. Elle regarda Julia tout en réfléchissant. Il était évident que cette dernière protégerait Jacques de toutes les façons nécessaires.

— J'ai un faible pour les hommes, et je le satisfais, poursuivit Julia. Avec Jacques, le moment et l'endroit n'ont jamais été idéaux. En fin de compte, notre amitié s'est avérée trop importante pour que nous risquions de la gâcher au lit. C'est un homme bon et gentil. La plus grosse erreur qu'il ait faite a été d'épouser Claudette.

La voix de Julia se durcit. Ses ongles se remirent à pianoter sur la table, plus vite qu'avant.

— Elle a fait de son mieux pour l'écraser. Pendant longtemps, il a essayé de préserver leur mariage pour les enfants. Mais ce n'était plus possible. Je ne vais pas entrer dans les détails, vous seriez choquée.

La tête penchée, Julia lui fit un sourire de conspiratrice et soudain Autumn eut l'impression de rajeunir de dix ans. On aurait dit deux adolescentes en train de se faire des confidences.

— Et de toute façon, c'est le triste secret de Jacques. Malgré l'abondance de motifs, il n'a pas demandé le divorce, mais l'a autorisée à engager la procédure.

— Et Claudette a eu les enfants.

— En effet. Ça l'a presque tué quand elle a obtenu la garde. Il les adore. Et j'admets que ce sont des petits monstres très attachants.

Elle cessa de tapoter sur la table pour prendre sa tasse.

— Bref, pour résumer, Jacques a lancé une procédure de garde il y a environ un an. Peu de temps après, il a rencontré quelqu'un. Je ne peux pas vous révéler son nom. Vous le reconnaîtriez, et Jacques me l'a dit en confiance. Mais je peux vous assurer qu'elle est parfaite pour lui. Et puis Helen est arrivée et a tissé sa toile.

Autumn secoua la tête.

— Pourquoi ne se marient-ils pas, tout simplement ?

Julia s'appuya contre le dossier en poussant un soupir amusé.

— Parce que dans la vie, rien n'est jamais simple. Jacques est libre, mais son amie ne le sera pas avant plusieurs mois. Ils sont impatients de convoler, d'emmener les petits monstres de Jacques aux Etats-Unis et d'ajouter d'autres rejetons à la troupe. Ils sont fous l'un de l'autre.

Julia but une gorgée de son café tiède.

— Ils ne peuvent pas vivre ensemble ouvertement tant que l'affaire de garde n'est pas réglée. Alors ils ont loué une petite maison à la campagne. Helen l'a appris, et vous pouvez imaginer la suite. Jacques a accepté de payer, pour ses enfants, et parce que le divorce de son amie n'est pas joué d'avance. Mais il avait déjà atteint ses limites quand Helen a débarqué ici. Ils se sont disputés dans le salon, un soir. Il lui a dit qu'elle n'obtiendrait pas un sou de plus. Je suis sûre que malgré tout ce que Jacques lui avait déjà versé, Helen aurait quand même transmis les informations à Claudette… contre une certaine somme.

Incapable de dire un mot, Autumn la dévisagea. Elle n'avait jamais vu Julia aussi froide. Son visage exquis affichait une expression impitoyable. L'actrice tourna les yeux vers elle, puis éclata de rire, sincèrement amusée.

— Oh ! Autumn, vous êtes comme un livre ouvert.

Le masque dur s'était effacé, et elle semblait de nouveau chaleureuse et charmante.

— Maintenant, vous vous dites que j'ai très bien pu assassiner Helen. Pas pour moi, mais pour Jacques.

Autumn succomba à un sommeil agité un peu après l'aube. Confus et entrecoupé de rêves, il n'avait rien à voir avec la profonde inconscience causée par les médicaments ou l'épuisement.

Au début, il n'y eut que des ombres vagues et des murmures flottant dans son esprit. Ils l'incitaient moqueusement à essayer de voir et d'entendre plus clairement. Elle s'efforça de se concentrer sur eux. Les ombres bougèrent, les formes commencèrent à se solidifier, avant de redevenir floues et désordonnées. Elle leur opposa toute sa détermination, souhaitant percevoir plus que des allusions et des chuchotements. Brusquement, les ombres s'évaporèrent. Les voix se mirent à rugir dans ses oreilles.

Les yeux écarquillés, Jane écrasa l'appareil photo d'Autumn sous son pied. Elle hurla, tenant Autumn à distance à l'aide d'une énorme paire de ciseaux.

— Espionne ! cria-t-elle, tandis que le bruit du verre en train de se briser résonnait comme un coup de feu. Espionne !

Pour échapper à la folie et aux accusations, Autumn fit volte-face. Les couleurs tourbillonnèrent autour d'elle, puis Robert apparut.

— Elle a harcelé ma femme.

Son bras enlaçait Autumn avec fermeté, puis la serra lentement, lui coupant la respiration.

— Il faut que vous mangiez, dit-il doucement. Ça se voit à votre visage.

Un simulacre de sourire flottait sur ses lèvres. Terrifiée, Autumn se dégagea et se retrouva dans le couloir.

Jacques s'avançait vers elle. Il avait du sang sur les mains. Il les tendit vers elle, une expression triste et terrifiante dans le regard.

— Mes enfants.

Un tremblement agita sa voix, et il secoua les mains. Elle se tourna et cette fois elle heurta Steve.

— La politique, s'exclama-t-il avec un large sourire enfantin. Rien de personnel, c'est seulement la politique.

Il saisit les cheveux d'Autumn et les lui enroula autour du cou.

— Vous êtes prise au piège, Autumn.

Son sourire se fit lubrique, tandis qu'il serrait le nœud.

— Quel dommage.

Elle le repoussa et tomba à travers une porte. Julia lui tournait le dos. Elle portait son joli déshabillé blanc.

— Julia !

Dans le rêve, l'urgence de sa voix sembla résonner au ralenti.

— Julia, aidez-moi !

Quand l'actrice lui fit face, elle arborait son drôle

de sourire félin, et la dentelle était éclaboussée de taches rouges.

— Bluff et double bluff, trésor.

Rejetant la tête en arrière, elle partit d'un éclat de rire rauque. Le son bourdonnant dans sa tête, Autumn pressa les mains sur ses oreilles et s'enfuit.

— Viens voir maman ! cria Julia en continuant de rire, tandis qu'Autumn trébuchait dans le couloir.

Une porte lui bloquait le passage. Elle l'ouvrit à la volée et se précipita à l'intérieur. Elle ressentait le besoin désespéré de s'échapper. Mais c'était la chambre d'Helen. Terrifiée, elle fit demi-tour pour s'enfuir, mais la porte s'était refermée derrière elle. Elle tambourina sur le bois, mais le son était assourdi. Elle ressentait une peur intense, primitive. Elle ne pouvait pas rester là. Elle ne le voulait pas. Elle se tourna de nouveau, prête à s'enfuir par la fenêtre.

Ce n'était plus la chambre d'Helen, mais la sienne. Il y avait des barreaux à la fenêtre, des barreaux liquides formés par la pluie, mais quand elle s'en approcha, ils se solidifièrent, la retenant prisonnière. Elle tira et poussa, mais la matière était froide et solide entre ses mains. Soudain, Lucas surgit derrière elle et l'entraîna plus loin. En riant, il la força à se retourner vers lui.

— Mords et griffe tant que tu veux, chaton.

— Lucas, je t'en supplie !

Sa voix contenait une note hystérique que même le sommeil ne pouvait étouffer.

— Je t'aime. Je t'aime. Aide-moi à sortir d'ici. Aide-moi à m'échapper !

— Trop tard, chaton.

Ses yeux étaient sombres et féroces, et amusés.

— Je t'ai prévenue de ne pas me pousser à bout.

— Non, Lucas, pas toi.

Elle s'accrocha à lui. Il l'embrassait violemment, passionnément.

— Je t'aime. Je t'ai toujours aimé, poursuivit-elle.

Elle s'abandonna dans ses bras, succomba à sa bouche. Il était sa porte de sortie, son protecteur.

Puis elle vit les ciseaux dans sa main.

Chapitre 10

Autumn se redressa brusquement sur le lit. Couverte de sueurs froides, elle frissonna. Au cours de son cauchemar, elle avait repoussé drap et couvertures. Elle n'était plus protégée du froid que par une nuisette humide. En quête de chaleur, elle récupéra la couverture dans le tas à l'autre bout du lit et s'entortilla dedans.

C'était seulement un rêve, se rassura-t-elle, attendant que les images encore très vivaces se dissipent. Rien qu'un rêve… Après la conversation nocturne avec Julia, cela n'avait rien d'étonnant. Les rêves ne pouvaient pas faire de mal. Elle devait se raccrocher à cette idée.

Soudain, elle remarqua qu'il faisait jour. Toujours tremblante, elle regarda les rayons du soleil matinal traverser la vitre. Pas de barreaux à la fenêtre. Elle ne rêvait plus, et la nuit était terminée. Le téléphone serait bientôt rétabli. Le niveau de l'eau allait baisser, rendant le gué de nouveau franchissable. La police allait venir. Enfin… Blottie dans la couverture, elle attendit que sa respiration devienne régulière.

D'ici la fin de la journée, ou demain au plus

tard, tout serait pris en charge de façon officielle. Les questions recevraient des réponses, des notes seraient prises, puis l'enquête commencerait pour de bon, considérant chaque élément selon la réalité factuelle. Lentement, ses muscles se relâchèrent, et elle desserra sa prise sur la couverture.

L'imagination de Julia s'était emballée, voilà tout. L'actrice était tellement habituée aux mélodrames de cinéma qu'elle s'était laissé emporter par son scénario. La mort d'Helen était un fait incontestable, impossible à passer sous silence. Mais les deux fâcheux incidents qu'elle avait vécus n'étaient pas liés, elle en était sûre. En tout cas, elle allait devoir s'en convaincre, si elle voulait garder la raison en attendant l'arrivée de la police.

Un peu calmée à présent, elle se plongea dans ses réflexions. Oui, un meurtre avait été commis. C'était la triste réalité. Et dans le cas présent il semblait bien que ce soit une affaire sinon passionnelle, du moins personnelle. Une affaire dans laquelle elle n'était pour sa part pas impliquée. Il n'y avait aucune corrélation entre cet événement et elle. L'incident avec la porte n'était que de la pure maladresse. Quant à la mise à sac de sa chambre… Elle haussa les épaules. Helen s'en était sûrement chargée. Cette femme avait été vicieuse et malveillante… Pour une raison ou une autre, Helen l'avait prise en grippe. Personne d'autre à l'auberge n'avait la moindre raison de ressentir de l'hostilité envers elle.

Sauf Lucas. Elle secoua la tête, sans parvenir

à déloger cette pensée. Sauf Lucas. De nouveau frigorifiée, elle resserra la couverture autour d'elle.

Non, cela n'avait aucun sens. Lucas avait rompu, pas l'inverse. Elle l'avait aimé. Et lui, très simplement, ne l'avait pas aimée. *Y attacherait-il de l'importance ?* Cette petite voix dans son esprit luttait avec celle de son cœur. Ignorant la nausée qui montait en elle, elle s'obligea à imaginer en toute objectivité Lucas dans le rôle du meurtrier.

Dès le début de leur relation, il avait montré des signes de tension nerveuse. Il dormait mal et semblait à cran. Elle l'avait déjà vu passer une semaine pratiquement sans dormir, en carburant au café, pour écrire une scène dans un de ses romans. Il n'avait pourtant jamais souffert des conséquences : ses réserves d'énergie prenaient le relais quand il en avait besoin. Non, de mémoire, elle n'avait jamais vu Lucas McLean fatigué. Jusqu'à maintenant.

Le chantage d'Helen avait dû le troubler en profondeur. Lucas n'était pas du genre à s'inquiéter à propos de la publicité, qu'elle soit mauvaise ou pas. Ce qui signifiait que la femme impliquée devait beaucoup compter pour lui. Elle ferma les yeux, surprise par un bref éclair de douleur, puis s'obligea à reprendre son raisonnement.

Pourquoi était-il venu au Pine View Inn ? Pourquoi aurait-il choisi un endroit situé aussi loin de son domicile ? Pour travailler, peut-être ? Elle secoua la tête. Non, c'était peu probable. Lucas ne voyageait jamais quand il écrivait, elle le savait. Il commençait par faire ses recherches, de manière approfondie si nécessaire. Une fois qu'il tenait son histoire, il s'enterrait dans sa maison en bord de mer pendant toute la durée de l'écriture. Venir en Virginie pour travailler en paix ? Là encore, c'était peu probable, voire impossible. Lucas McLean pouvait écrire dans un métro bondé s'il le voulait. Elle ne connaissait personne d'autre dotée d'une telle capacité de concentration.

Il était donc venu à l'auberge pour une autre raison. Alors qu'elle se faisait cette réflexion, un doute l'assaillit soudain. Et si Helen avait été un pion autant qu'une manipulatrice ? Lucas l'avait-il attirée dans ce lieu isolé sous un faux prétexte, l'entourant ensuite de gens qui avaient des raisons de la haïr ? Il était assez intelligent et calculateur pour l'avoir fait. Il savait à quel point il serait difficile de prouver lequel des six suspects avait tué Helen. Ils avaient tous un mobile. Pourquoi l'un d'entre eux serait-il soupçonné plus que les autres ?

Le cadre avait tout pour plaire à Lucas, pensa-t-elle en regardant les montagnes et les pins. Il l'avait qualifié de « prévisible ». C'était le décor prévisible pour un meurtre. Mais comme Jacques l'avait fait remarquer, c'était souvent le cas de la vie.

Elle préférait ne pas y penser. Cela donnait trop de poids à son cauchemar. Elle se leva et enfila son jean fatigué et le pull que Julia lui avait prêté la veille au soir. Elle n'allait pas passer une autre journée à ressasser ses doutes et ses peurs. La police allait bientôt arriver, voilà seulement à quoi elle devait penser. Ce n'était pas à elle de décider qui avait tué Helen.

Alors qu'elle s'apprêtait à descendre l'escalier, elle se sentit mieux. Elle allait faire une longue promenade solitaire après le petit déjeuner pour s'éclaircir les idées. La perspective de sortir de l'auberge lui remonta le moral.

Mais sa bonne humeur s'envola quand elle aperçut Lucas au bas des marches. Il l'observait en silence. Leurs yeux se croisèrent un bref instant plein d'intensité, puis il commença à s'éloigner.

— Lucas.

Elle s'entendit l'interpeller avant même de se rendre compte de ce qu'elle faisait. Il s'arrêta et se tourna vers elle. Rassemblant tout son courage, elle accéléra le pas. Elle avait des questions, et elle devait les poser. La vérité, c'était qu'il comptait toujours beaucoup trop pour elle, elle ne pouvait plus le nier. Elle s'arrêta sur la dernière marche pour que leurs yeux soient au même niveau. Ceux de Lucas ne révélaient rien. Ils semblaient la traverser sans la voir, avec ennui et impatience.

— Pourquoi es-tu venu ici ? demanda Autumn rapidement. Pourquoi ici, au Pine View Inn ?

Elle voulait qu'il lui donne une raison, n'importe laquelle. Et elle l'accepterait.

Lucas la fixa intensément un long moment. Elle discernait une expression particulière sur son visage, qui disparut sans qu'elle puisse la déchiffrer.

— Disons que je suis venu écrire, Autumn. Si j'avais une autre raison celle-ci a été éliminée.

Sa voix était monocorde, mais les mots la glacèrent. *Eliminée*... Choisirait-il un mot aussi technique pour parler de meurtre ? Son horreur dut se lire sur son visage. Lucas fronça les sourcils.

— Chaton...

— Non.

Elle s'éloigna de lui sans lui laisser terminer sa phrase. Il avait répondu à sa question, mais ce n'était pas une réponse qu'elle pouvait accepter.

Les autres étaient déjà à table. Le soleil avait allégé l'atmosphère, mais en apparence seulement. Par accord tacite, la conversation resta générale, et personne ne mentionna Helen. Sans doute parce qu'ils avaient tous besoin d'une illusion de normalité avant l'arrivée de la police.

Julia, le visage reposé et toujours aussi ravissante, babillait avec une facilité, et même une gaieté, qui surprit Autumn. A croire que leur conversation dans la cuisine avait été aussi imaginaire que son cauchemar... L'actrice flirtait de nouveau avec tous les hommes de la table. Son pouvoir de séduction n'avait pas souffert des deux jours horribles qu'ils venaient de vivre.

— La cuisine de votre tante est succulente, déclara Jacques à Autumn.

Il enfonça sa fourchette dans un pancake léger et moelleux.

— Ça continue de me surprendre. Elle a un côté

étourdi tout à fait adorable, pourtant elle se souvient de petits détails. Ce matin, elle m'a dit qu'elle m'avait gardé une part de tarte aux pommes pour le déjeuner. Elle n'a pas oublié que c'est mon gâteau préféré. Quand je lui ai baisé la main, parce que je la trouve charmante, elle a souri et s'est éloignée en parlant de serviettes et de pudding au chocolat.

Les rires qui s'ensuivirent étaient si spontanés qu'Autumn en eut chaud au cœur.

— Elle se rappelle mieux les goûts des clients que ceux de sa propre famille, déclara-t-elle en souriant. Elle a décidé que le rôti à la cocotte était mon plat préféré et a promis d'en préparer toutes les semaines, mais c'est en fait le péché mignon de mon frère Paul. Je n'ai toujours pas réussi à la convaincre de me faire des spaghettis.

Une douleur fulgurante la traversa soudain, et ses doigts se crispèrent sur sa fourchette. Avec clarté, elle se revit remuer de la sauce pour spaghettis dans la cuisine de Lucas, tandis qu'il faisait de son mieux pour la distraire. Quand réussirait-elle enfin à se détacher du passé ?

Très vite, elle se ressaisit et reprit la parole :

— Tante Tabby flotte au-dessus du reste du monde dans une sorte de bulle. Je me souviens d'un jour, quand nous étions petits… Paul s'était débrouillé pour sortir de sa classe de biologie des cuisses de grenouille conservées dans le formol. Il les a apportées avec lui quand nous sommes venus en vacances ici. Il les a ensuite données à tante Tabby, s'attendant à ce qu'elle pousse des cris d'orfraie. Elle les a prises, a souri et lui a dit qu'elle les mangerait plus tard.

— Oh ! mon Dieu, fit Julia en portant la main à sa gorge. Elle ne les a pas vraiment mangées, n'est-ce pas ?

— Non, répondit Autumn avec un grand sourire. J'ai détourné son attention, ce qui n'avait rien de très compliqué, et Paul a jeté son devoir de bio à la poubelle. Elle ne s'est jamais demandé où les cuisses étaient passées.

— Je dois penser à remercier mes parents d'avoir fait de moi une fille unique, murmura Julia.

— Je ne peux pas imaginer mon enfance sans Paul et Will.

Autumn secoua la tête, submergée par un flot de vieux souvenirs.

— Tous les trois, nous avons toujours été très proches, même pendant nos bagarres.

Jacques émit un petit rire. Il devait sans doute penser à ses fils.

— Votre famille passe-t-elle beaucoup de temps ici ? demanda-t-il en se tournant vers elle.

— Pas autant qu'avant, répondit Autumn en haussant les épaules. Quand j'étais petite, nous venions tous passer un mois ici pendant l'été.

— Pour arpenter les bois ? demanda Julia, une lueur malicieuse dans le regard.

— En effet, répondit-elle en haussant les sourcils

pour imiter l'expression de l'actrice. Sans oublier le camping.

Julia leva les yeux au ciel. Amusée par sa réaction, Autumn continua :

— Et le canotage et les baignades dans le lac.

— Du canotage…

La voix de Robert déconcentra Autumn. L'impression, ou plutôt le souvenir, vague mais tenace, qui était sur le point de lui revenir à la mémoire s'envola, et elle tourna les yeux vers le médecin.

— La navigation, c'est mon seul vice, déclara-t-il. Je suis un passionné de voile. N'est-ce pas, Jane ?

Il tapota la main de sa femme.

— Jane est une excellente navigatrice. Le meilleur second que j'aie jamais eu.

Il tourna les yeux vers Steve.

— Je suppose que vous avez eu l'occasion de faire pas mal de bateau.

Steve secoua la tête d'un air attristé.

— J'ai bien peur d'être un marin lamentable. Je ne sais même pas nager.

— Vous plaisantez ! s'exclama Julia.

Elle le dévisagea d'un air incrédule, puis son regard approbateur s'attarda sur ses épaules.

— Vous avez pourtant l'air capable de vous attaquer à la traversée de la Manche.

— C'est à peine si je peux traverser une pataugeoire, avoua-t-il, plus amusé qu'embarrassé.

Il sourit et fit un geste avec sa fourchette.

— Je me rattrape avec les sports terrestres. S'il

y avait un court de tennis ici, je pourrais faire mes preuves.

— Eh bien…, fit Jacques en haussant les épaules. Vous allez devoir vous contenter des randonnées. Ces montagnes sont magnifiques. J'espère amener mes enfants ici un jour.

Il fronça les sourcils, puis baissa les yeux sur son café.

— Ah, ces amoureux de la nature ! lança Julia avec un éclat de rire qui empêcha ainsi la morosité de s'installer dans la pièce. A choisir, je préfère largement les rues polluées de Los Angeles. Je regarderai vos montagnes et vos écureuils sur les photos d'Autumn.

— Vous allez devoir attendre que j'aie de quoi en faire d'autres.

Autumn était parvenue à garder un ton léger. Elle s'était faite à l'idée d'avoir perdu trois de ses pellicules. Elle n'était cependant pas encore en état de penser à la perte de son appareil.

— Perdre ces pellicules, c'est comme perdre un membre, mais j'essaie de faire bonne contenance.

Tout en mâchant une bouchée de pancake, elle haussa les épaules.

— Mais au fond j'ai eu de la chance, j'aurais pu perdre toutes mes pellicules, or il me reste celle de ma promenade. Les photos que j'ai prises du lac étaient les meilleures, alors c'est une consolation comme une autre. Ce matin-là, la lumière était parfaite, et les ombres…

Elle s'interrompit, légèrement sous le choc. Le souvenir qui la tenaillait avant que Robert ne l'interrompe lui revint soudain à l'esprit avec une brusquerie déconcertante. Comment avait-elle pu oublier ? Elle se revoyait sur la crête, contemplant l'eau brillante et le reflet des arbres en contrebas. Et les deux silhouettes qui marchaient sur l'autre rive. Ce matin-là, elle avait croisé Lucas dans les bois, puis Helen. Helen qui avait un énorme bleu sous l'œil.

— Autumn ?

La voix de Jacques la tira de ses pensées.

— Je suis désolée, quoi ?

— Quelque chose ne va pas ?

— Non, je…

Elle croisa son regard interrogateur.

— Non.

— J'imagine que la lumière et l'ombre sont l'essence de la photographie, remarqua Julia, meublant le silence gêné. Mais je me suis toujours souciée de regarder vers l'objectif plutôt qu'à travers. Jacques, tu te souviens de cet affreux petit bonhomme ? Celui qui surgissait aux moments les plus improbables en braquant son appareil sur moi ? Comment s'appelait-il ? A force, je m'étais prise d'affection pour lui.

Julia avait accaparé l'attention avec tant de talent que personne n'avait dû remarquer son moment de confusion à elle, songea Autumn. Elle contempla ses pancakes couverts de sirop comme si la réponse aux mystères de l'univers y était cachée. Mais elle sentait les yeux de Lucas peser sur sa tête penchée. Elle ne pouvait pas le regarder.

Elle voulait être seule, pour réfléchir, pour mettre de l'ordre dans ses pensées. Elle se força néanmoins à avaler le reste de son petit déjeuner, entourée du brouhaha des conversations.

— Je dois aller voir tante Tabby, murmura-t-elle, lorsqu'elle pensa pouvoir s'esquiver sans attirer l'attention. Excusez-moi.

Elle n'avait pas atteint la porte de la cuisine que Julia l'intercepta.

— Autumn, je veux vous parler.

Les doigts fins lui serraient le bras avec fermeté.

— Venez dans ma chambre.

A en juger par l'expression résolue sur le beau visage, il ne servait à rien de protester.

— Très bien, acquiesça Autumn. Je veux d'abord voir tante Tabby. Elle va s'inquiéter, parce que je ne lui ai pas souhaité une bonne nuit hier. Je vous rejoins dans quelques minutes.

Son ton était raisonnable et amical, et elle parvint à sourire. Elle aussi devenait une excellente actrice.

Pendant un bref instant, Julia étudia son visage, puis relâcha son bras.

— D'accord. Venez dès que vous aurez terminé.

— Bien sûr.

La promesse encore sur les lèvres, Autumn se glissa dans la cuisine. De là, elle n'eut aucun mal à passer dans le vestibule sans se faire remarquer. Tante Tabby et Nancy étaient au milieu de leur habituelle querelle matinale. Autumn prit sa veste à la patère où elle l'avait suspendue le matin de la tempête, puis plongea la main dans la poche. Ses doigts se refermèrent sur la pellicule. Pendant un instant, elle se contenta de la tenir au creux de la paume.

Rapidement, elle ôta ses chaussures et enfila des bottes à la place. Elle transféra la pellicule dans la poche de son pull, enfila sa veste et sortit par la porte de derrière.

Chapitre 11

L'air était vif et sain, comme lavé par la pluie. Les feuilles bourgeonnantes qu'Autumn avait photographiées quelques jours plus tôt étaient plus pleines, plus épaisses, mais d'un vert toujours aussi tendre. Cette fois, elle n'avait plus l'esprit tourné vers la nature et la liberté. A présent, sa priorité était d'atteindre la lisière de la forêt sans être vue. Elle courut jusqu'aux arbres et ne ralentit qu'une fois perdue au milieu de la végétation. Un profond silence régnait autour d'elle.

Le sol détrempé par la pluie collait et glissait sous ses pieds. Elle s'obligea à avancer avec plus de prudence et remarqua alors les dégâts causés par le vent : le sous-bois était jonché de branches cassées. Le soleil était chaud, elle ôta sa veste, et l'accrocha à une branche. Elle se concentra sur les images et les sons de la forêt, dans l'espoir d'apaiser ses pensées.

Le laurier des montagnes commençait tout juste à s'épanouir. Un oiseau décrivait des cercles au-dessus d'elle, puis disparut dans les arbres avec un cri aigu. Un écureuil qui grimpait le long d'un tronc s'arrêta pour la regarder. Elle plongea la main dans sa poche et la referma sur la pellicule. La conversation dans la cuisine avec Julia prenait désormais tout son sens.

Helen avait dû se trouver au bord du lac, ce matin-là. A en juger par son bleu, elle s'était violemment disputée avec quelqu'un. Et cette personne l'avait vue sur la crête. Cette personne voulait que les photos soient détruites au point de se risquer à forcer les portes de sa chambre noire et de sa chambre. La pellicule devait comporter des preuves compromettantes, pour que cette personne en vienne à l'assommer et à détruire ses affaires. Qui d'autre que le tueur aurait eu des raisons d'enchaîner des actes aussi dangereux ? Qui d'autre ? Si elle raisonnait de façon logique, elle en revenait toujours à Lucas.

C'était Lucas qu'elle avait rencontré avant de tomber sur Helen. Lucas qui s'était penché au-dessus d'elle lorsqu'elle gisait sur le sol de la chambre noire. Lucas qui était debout, encore tout habillé, la nuit du meurtre d'Helen. Elle aurait voulu refouler tous ces soupçons, mais la pellicule dans sa main rendait la tâche impossible.

Il avait dû l'apercevoir sur la crête. Quand il l'avait rejointe, il avait tenté de faire diversion en jouant la carte de la séduction et des souvenirs intimes. Il savait qu'il ne pouvait pas simplement ôter la pellicule de son appareil : elle aurait fait un scandale audible à des lieues à la ronde. Oui, il la connaissait assez bien pour s'y prendre de façon plus subtile. Sauf qu'il ne pouvait pas savoir qu'elle avait déjà changé la pellicule.

Il avait profité de ses anciens sentiments pour lui. Si elle avait cédé à ses avances, il aurait largement trouvé le temps et l'occasion de détruire la pellicule. Et c'était vrai, elle aurait été trop subjuguée par lui pour remarquer quoi que ce soit, même s'il était douloureux de l'admettre. Mais elle lui avait résisté. Cette fois, elle l'avait repoussé. Pour cette raison, il avait donc été contraint d'employer des moyens plus radicaux.

Il avait seulement fait semblant de la désirer toujours. Et cela la peinait, encore plus que tout le reste. Quand il l'avait prise dans ses bras, puis embrassée, il réfléchissait seulement au meilleur moyen de se protéger. C'était douloureux, mais elle se força à regarder la réalité en face : Lucas avait cessé de la vouloir depuis longtemps, et il n'avait jamais eu les mêmes attentes qu'elle. Deux faits étaient évidents : elle n'avait jamais cessé de l'aimer, et lui n'avait jamais commencé.

Pourtant, elle avait du mal à imaginer Lucas en tueur sans pitié. Elle se rappelait ses soudains accès de gentillesse, son humour, ses moments de générosité insouciante. Ces qualités faisaient également partie de lui. Elles expliquaient pourquoi elle l'avait aimé aussi facilement... et pourquoi elle n'avait jamais pu cesser de le faire.

Une main agrippa son épaule. Poussant un cri de

terreur, elle tourna sur elle-même et se retrouva nez à nez avec Lucas. Elle eut un mouvement de recul, et il la relâcha, fourrant les mains dans ses poches. Ses yeux étaient sombres et sa voix, glaciale.

— Où est la pellicule, Autumn ?

Elle blêmit. Elle n'avait pas voulu y croire. Une partie d'elle-même avait refusé d'y croire. La confirmation lui brisait le cœur. Il ne lui laissait pas le choix.

— La pellicule ?

Elle secoua la tête tout en faisant un autre pas en arrière.

— Quelle pellicule ?

— Tu sais très bien de quoi je parle.

Son impatience était perceptible. Il la regarda battre en retraite en plissant les yeux.

— Je veux la quatrième pellicule. Arrête de reculer comme ça !

Elle se figea, obéissant à son ordre sec.

— Pourquoi ?

— Ne fais pas l'idiote.

L'impatience laissait place à la fureur. Elle en reconnaissait tous les signes.

— Je veux la pellicule, poursuivit-il. Ce que j'en fais, c'est mon affaire.

Elle se mit à courir, cherchant plus à fuir ses mots que sa présence. Elle avait eu moins de mal à vivre avec le doute qu'avec la certitude. Il lui attrapa le bras avant qu'elle ait fait trois mètres. Il la tourna vers lui et étudia son visage.

— Tu es terrifiée.

Il eut l'air surpris, puis furieux.

— Tu as peur de moi.

Les mains crispées sur ses bras, il la rapprocha de lui.

— Décidément, nous sommes passés par toute la gamme des émotions, pas vrai ? Le passé est vraiment révolu.

Il y avait quelque chose de définitif dans sa voix, quelque chose qui la blessait plus que ses mains ou sa colère.

— Lucas…

Elle tremblait.

— Je t'en supplie, ne me fais plus de mal.

La souffrance dont elle parlait n'avait rien de physique, mais il la lâcha d'un geste brusque. Ses efforts pour garder son sang-froid transparaissaient sur son visage.

— Je ne poserai plus la main sur toi, ni maintenant ni jamais. Dis-moi seulement où est la pellicule. Je sortirai de ta vie aussi vite que possible.

Elle s'inclina vers lui. Elle devait essayer de lui faire entendre raison.

— Lucas, s'il te plaît. C'est insensé, tu dois bien le voir. Tu ne peux pas…

— Ne me pousse pas à bout !

Les mots jaillirent de sa bouche avec une force qui la fit retomber sur ses talons.

— Espèce d'idiote, tu ne comprends pas à quel

point cette pellicule est dangereuse ? Tu crois vraiment que je vais te laisser la garder ?

Il fit un pas vers elle.

— Dis-moi où elle est. Dis-le-moi maintenant, ou je te jure que je vais t'étrangler jusqu'à ce que tu me répondes.

— Dans la chambre noire.

Le mensonge fusa, sans préméditation. Pour cette raison sans doute, Lucas l'accepta facilement.

— D'accord. Où ça ? demanda-t-il d'une voix plus calme, les traits déjà plus détendus.

— Sur l'étagère du bas. Du côté humide.

— C'est du chinois pour les non-initiés.

Sa remarque portait les traces de son ton railleur habituel. Il tendit la main vers son bras.

— Allons la chercher.

— Non !

Elle s'écarta brusquement.

— Je n'irai nulle part avec toi. Il n'y a qu'une seule pellicule, tu la trouveras. Tu as bien trouvé les autres. Laisse-moi tranquille, Lucas. Par pitié, laisse-moi tranquille !

Elle se remit à courir, dérapant sur la boue glissante. Cette fois, il ne l'arrêta pas.

Pendant combien de temps courut-elle, ou dans quelle direction, elle n'en avait aucune idée. Au bout d'un moment cependant, elle ralentit l'allure. Elle s'arrêta et leva les yeux vers le ciel sans nuages. Qu'allait-elle faire, maintenant ?

Elle pouvait faire demi-tour. Elle pouvait retourner

à l'auberge, essayer d'entrer dans la chambre noire avant lui et verrouiller la porte. Elle pouvait développer la pellicule, agrandir les deux silhouettes au bord du lac et découvrir la vérité de ses yeux. Sa main se referma de nouveau sur le maudit rouleau de film. Elle ne voulait pas voir la vérité. Elle savait avec une certitude absolue qu'elle ne pourrait jamais remettre la pellicule à la police. Quoi que Lucas ait fait ou fasse à l'avenir, elle ne pouvait le trahir. Il avait eu tort de la croire, songea-t-elle.

Elle sortit la pellicule de sa poche pour la regarder. L'objet semblait si inoffensif, si innocent. Elle aussi s'était sentie innocente ce matin-là, sur la crête. Mais quand elle aurait fait ce qu'elle devait faire, elle n'éprouverait plus jamais cette sensation. Elle allait voiler la pellicule elle-même.

Lucas, pensa-t-elle, avec une soudaine envie de rire. Lucas McLean était le seul homme sur Terre qui pouvait lui faire renier sa conscience. Et quand ce serait fait, ils seraient les seuls à le savoir. Elle serait autant coupable que lui.

Elle devait agir vite. Agir vite et réfléchir plus tard. Sa paume qui tenait la pellicule était moite. Elle aurait une vie entière pour repenser à ses actes. Prenant une profonde inspiration, elle commença à déboucher la capsule de plastique qui contenait la pellicule non développée. Un mouvement sur le sentier derrière elle attira son attention. Elle fourra de nouveau la pellicule dans sa poche et fit volte-face, prête à affronter de nouveau Lucas.

Avait-il déjà fouillé la chambre noire ? Qu'allait-il faire, maintenant qu'il savait qu'elle lui avait menti ? Un peu bêtement, elle eut envie de se remettre à courir. Au lieu de cela, elle se redressa et attendit. La dernière confrontation devrait bien avoir lieu tôt ou tard.

Le soulagement qu'elle éprouva en voyant Steve approcher se transforma rapidement en irritation. Elle voulait être seule. Elle n'avait aucune envie de parler de la pluie et du beau temps alors que la pellicule lui brûlait la poche.

— Bonjour !

Le sourire de Steve ne suffit pas à apaiser son mécontentement, mais elle se força à lui sourire à son tour. Si elle devait jouer un rôle pour le reste de sa vie, autant commencer maintenant.

— Bonjour. Vous vous êtes mis à la randonnée, comme Jacques l'a suggéré ?

Sa voix semblait tellement normale. Parviendrait-elle un jour à vivre ainsi ?

— Oui. Je vois que vous avez eu besoin de vous éloigner de l'auberge, vous aussi.

Il prit une profonde inspiration et fit jouer ses épaules.

— Qu'est-ce que c'est bon d'être de nouveau dehors.

— Je vois ce que vous voulez dire.

Elle s'efforça de relâcher la tension de ses propres épaules. C'était un simple sursis. Elle allait devoir agir, et rien ne serait plus jamais comme avant.

— Et Jacques a raison, poursuivit Steve en regardant à travers la mince frondaison. Les montagnes sont magnifiques. Ça nous rappelle que la vie continue.

— Je suppose que nous avons tous besoin de nous en souvenir, en ce moment.

Inconsciemment, elle enfonça la main dans sa poche.

— Vos cheveux brillent au soleil.

Steve attrapa le bout de ses longues mèches et les fit glisser entre ses doigts. Ses yeux s'étaient remplis de chaleur, et sans trop savoir pourquoi, cela l'inquiéta. Elle n'était pas en état de supporter un intermède romantique.

— Les gens ont souvent l'air de penser plus à mes cheveux qu'à moi, remarqua-t-elle avec légèreté. Parfois, ça me démange de tout couper.

— Oh non ! s'exclama-t-il en prenant une plus grosse poignée. Ils sont tellement merveilleux et originaux.

Il releva les yeux vers elle.

— Et j'ai beaucoup pensé à vous, ces derniers jours. Vous aussi, vous êtes merveilleuse.

— Steve…

Gênée, elle se détourna. Elle voulait s'éloigner, mais il avait toujours la main dans ses cheveux.

— J'ai envie de vous, Autumn.

Les mots, si doux, presque humbles, faillirent lui briser le cœur. Elle se tourna de nouveau vers lui, lui adressant un regard d'excuse.

— Je suis désolée, Steve. Vraiment désolée.

— Il ne faut pas.

Il baissa la tête pour effleurer ses lèvres d'un baiser.

— Si vous me laissiez faire, je pourrais vous rendre heureuse.

— Steve, je vous en prie.

Elle posa les mains sur son torse et leva les yeux vers lui. Si seulement il s'agissait de Lucas. Si seulement c'était Lucas qui la regardait ainsi…

— Je ne peux pas.

Il poussa un long soupir, mais ne la lâcha pas.

— McLean ? Autumn, il vous rend malheureuse. Pourquoi ne tournez-vous pas la page ?

— Je ne peux pas vous dire combien de fois je me suis posé la même question.

Elle soupira.

— Je n'ai pas de réponse… sauf que je l'aime.

— Oui, et ça se voit.

Les sourcils froncés, il repoussa une mèche de sa joue.

— J'avais espéré que vous seriez capable de l'oublier, mais je ne crois pas que ce soit possible.

— Non, en effet. J'ai renoncé à essayer.

— Je suis désolé, Autumn. Ça complique les choses.

Elle baissa les yeux sur le sol. Elle ne voulait pas de sa pitié.

— Steve, c'est gentil, mais j'ai vraiment besoin d'être seule.

— Je veux la pellicule, Autumn.

Stupéfaite, elle releva la tête. C'était la deuxième fois qu'on lui posait cette question et elle y répondit de la même manière.

— La pellicule ? Je ne vois pas de quoi vous parlez.

— Oh ! j'ai bien peur que si.

Sa voix restait douce, et il lui caressait les cheveux d'une main.

— Les photos que vous avez prises du lac le matin où Helen et moi y étions. Il me les faut.

— Vous ?

Pendant un instant, la portée de cette révélation lui échappa.

— Vous et Helen ?

La confusion vira à l'état de choc. Bouche bée, elle ne put que le dévisager.

— Ce matin-là, nous étions en train de nous disputer. Voyez-vous, elle avait décidé qu'elle voulait que je la paie en une seule fois. Ses autres sources étaient en train de se tarir tour à tour. Julia a refusé de lui verser le moindre sou et s'est contentée de lui rire au nez. Ça a rendu Helen furieuse.

Un sourire sans joie transforma son visage.

— Jacques en avait également terminé avec elle. Et elle n'avait jamais rien eu d'intéressant contre Lucas de toute façon. Elle avait l'intention de l'intimider, mais il lui a dit d'aller au diable et a menacé de porter plainte. Ça l'a déstabilisée pendant quelque temps. Elle a dû comprendre que

Jane était sur le point de craquer. Alors… elle s'est concentrée sur moi.

Son regard, qui était resté fixé au loin pendant qu'il parlait, revint se poser sur elle. Une lueur de colère apparut dans ses yeux.

— Elle voulait deux cent cinquante mille dollars dans deux semaines. Un quart de million, sinon elle allait transmettre à mon père les informations qu'elle avait sur moi.

— Mais vous avez dit qu'elle ne savait rien d'important.

Elle jeta un coup d'œil discret derrière lui. Le sentier était vide. Elle était seule.

— Elle en savait un peu plus que ce que j'ai prétendu.

Steve lui adressa un sourire contrit.

— Je ne pouvais pas vraiment tout vous raconter. J'ai assez bien couvert mes traces à présent pour que la police ne découvre jamais quoi que ce soit. En fait, il s'agissait d'extorsion.

— D'extorsion ?

La main dans ses cheveux lui paraissait de plus en plus terrifiante à chaque seconde. Elle devait le pousser à parler, songea-t-elle frénétiquement. A force, quelqu'un allait finir par venir.

— Un simple emprunt, en réalité. L'argent sera à moi tôt ou tard.

Il haussa les épaules d'un air dédaigneux.

— Je me suis seulement servi un peu plus tôt que prévu. Malheureusement, mon père ne le verrait pas de cet œil-là. Vous vous rappelez ce que je vous ai dit ? C'est un homme dur. Il n'hésiterait pas à me flanquer à la porte et à me déshériter. Je ne le supporterais pas, Autumn.

Il lui adressa un bref sourire.

— J'ai des goûts de luxe.

— Alors vous l'avez tuée, déclara-t-elle d'une voix éteinte.

— Je n'avais pas le choix. Je ne pouvais pas mettre la main sur autant d'argent en deux semaines.

Il le dit si calmement qu'elle parvint presque à percevoir la logique de son acte.

— Je l'ai presque tuée ce matin-là, près du lac. Elle refusait de m'écouter. J'ai perdu mon calme et je l'ai frappée. Je l'ai assommée. C'est quand je l'ai vue là, étendue par terre, que j'ai compris à quel point je voulais qu'elle meure.

Elle ne l'interrompit pas. Visiblement, il était loin d'en avoir terminé. Autant le laisser parler. Oui, c'était le mieux à faire. Quelqu'un allait venir.

— Je me suis penché sur elle, poursuivit-il. Mes mains étaient presque autour de sa gorge quand je vous ai vue sur la crête. Je savais que c'était vous parce que le soleil se reflétait sur vos cheveux. Je n'étais pas sûr que vous puissiez me reconnaître à une telle distance, mais je devais m'en assurer. Bien sûr, j'ai découvert plus tard que vous ne faisiez pas du tout attention à nous.

— Non, je vous avais à peine remarqués.

Ses genoux commençaient à trembler, elle n'avait

qu'une idée en tête : fuir à toutes jambes. Il lui en disait trop, beaucoup trop.

— J'ai laissé Helen et j'ai fait le tour du lac, dans le but de vous intercepter. Lucas vous a trouvée le premier. Votre petite scène était très touchante.

— Vous nous avez regardés ?

Elle sentit une pointe de colère s'ajouter à sa peur.

— Vous étiez trop absorbés l'un par l'autre pour le remarquer.

Il sourit de nouveau.

— En tout cas, c'est à ce moment-là que j'ai appris que vous preniez des photos. Cette pellicule présentait trop de risques, je devais m'en débarrasser. J'ai détesté vous faire du mal, Autumn… Vous savez, si vous ai trouvée séduisante dès que je vous ai vue.

Un lapin surgit sur le sentier, changea de direction et détala dans les bois en bondissant. Elle entendit le cri d'une caille, atténué par la distance. La normalité de cet environnement donnait aux paroles de Steve un côté irréel.

— La chambre noire.

— Oui. J'étais content que vous ayez été assommée par la porte. Je n'avais pas envie de devoir vous frapper avec la lampe électrique. J'ai vu votre appareil photo, et j'ai trouvé une pellicule. Et j'ai alors été persuadé que le problème était réglé. Vous pouvez imaginer ce que j'ai ressenti quand vous avez dit que la pellicule détériorée était celle que vous aviez utilisée lors de votre trajet depuis

New York. Cela dit, j'ignore comment la deuxième pellicule a été voilée.

— Lucas. Lucas a allumé la lumière quand il m'a trouvée.

Malgré l'horreur, un immense soulagement la submergea en songeant à Lucas. *Ce n'était pas lui*. Il n'avait rien fait d'autre qu'être lui-même. Son soulagement fut bientôt remplacé par une vive culpabilité à l'idée de l'avoir accablé.

— Lucas, répéta-t-elle, presque étourdie par l'assaut de sensations.

— Ça n'a plus beaucoup d'importance, à présent, déclara Steve d'un ton pragmatique.

Ces paroles la ramenèrent brutalement sur terre. Elle devait rester vigilante, garder une longueur d'avance sur lui.

— Je savais que si je prenais la pellicule dans votre chambre, vous alliez commencer à vous poser des questions. Vous risquiez de penser un peu trop aux photos que vous aviez prises. Ça ne m'a pas plu de saccager vos affaires, de casser votre appareil. Je sais quelle importance il avait pour vous.

— J'en ai un autre à la maison, répliqua-t-elle, essayant sans succès d'avoir l'air indifférent.

Steve se contenta de sourire.

— Je suis allé dans la chambre d'Helen juste après en avoir terminé avec la vôtre. Je savais que j'allais devoir la tuer. Elle était là, à me montrer son bleu, à me dire que ça allait me coûter cent mille dollars de plus. Je ne savais pas ce que j'allais faire… J'ai pensé que j'allais l'étrangler. Et puis j'ai vu les ciseaux. C'était mieux. N'importe qui pouvait se servir de ciseaux. Même la petite Jane. Quand je les ai ramassés, j'ai cessé de penser, jusqu'à ce que ça soit fini.

Il frissonna. *Cours*, songea-t-elle. *Cours, maintenant !* Mais il resserra sa prise sur ses cheveux.

— C'était la première fois que je faisais une chose pareille. C'était horrible. J'ai failli renoncer. Je savais que je devais réfléchir, me montrer prudent, ou que j'allais tout perdre. Rester dans cette chambre, c'est la chose la plus dure que j'aie jamais eue à faire. J'ai nettoyé les ciseaux et déchiré ma chemise. Elle était couverte de sang. J'ai jeté les lambeaux dans les toilettes. Quand je suis retourné dans ma chambre, je me suis douché, puis je me suis couché. Je me rappelle avoir été surpris que tout ça n'ait pris que vingt minutes. J'ai eu l'impression que ça durait des années.

— Ça a dû être terrible pour vous, murmura-t-elle, mais il ne remarqua pas le ton de sa voix.

— Oui, mais les choses se présentaient plutôt bien. Personne ne pouvait prouver où il était au moment où Helen a été tuée. La tempête, avec les coupures de téléphone et de courant, c'était en prime. Chacun d'entre nous avait des raisons de vouloir se débarrasser d'Helen. Je pense que le moment venu, c'est Julia et moi qu'on soupçonnera le moins. La police devrait s'intéresser à Jacques parce qu'il a un mobile, et à Lucas parce qu'il a le tempérament requis.

— Lucas serait incapable de tuer qui que ce soit, répliqua Autumn posément. La police le saura.

— Je ne parierais pas là-dessus, fit-il en lui adressant un sourire grimaçant. Vous-même, vous n'en étiez pas si sûre.

C'était vrai, il avait raison. Elle ne trouva donc rien à répondre. *Pourquoi personne ne venait ?*

— Ce matin, vous avez commencé à parler des fameuses quatre pellicules et des photos que vous aviez prises près du lac. J'ai vu sur votre visage que la mémoire vous revenait.

Elle n'était pas si bonne actrice que cela, tout compte fait.

— Je me suis seulement souvenue qu'il y avait des gens au bord du lac ce matin-là.

— Et vous étiez en train de rassembler les pièces du puzzle.

Quand il effleura sa joue du bout du doigt, elle réprima l'envie de reculer. Mieux valait lui faire croire, sans doute, qu'elle ne voyait pas le danger.

— J'avais espéré vous distraire, gagner votre affection. Il était évident que vous souffriez à cause de McLean. Si j'avais pu me rapprocher de vous, j'aurais pu mettre la main sur la pellicule sans vous faire de mal.

Elle s'efforça de garder son sang-froid. Il avait fini de parler, elle le sentait.

— Qu'allez-vous faire ?

— Bon sang, Autumn. Je vais devoir vous tuer.

Il le dit de la même façon que son père lui avait dit : « *Bon sang, Autumn, je vais devoir te flanquer une fessée.* »

— Cette fois, ils le sauront, Steve.

Elle commençait à trembler, mais sa voix resta calme. Il le fallait. Si seulement elle pouvait le raisonner…

— Non, je ne crois pas.

Il répondit avec sérieux, comme s'il considérait la validité de sa remarque.

— J'ai veillé à sortir sans que personne ne me voie. Tout le monde est parti à droite et à gauche. Ils ne savent même pas que vous êtes dehors. Je m'en suis aperçu quand j'ai constaté que votre veste et vos bottes n'étaient plus là. Mais si je n'avais pas vu votre veste sur une branche et suivi les traces de vos pas, je ne vous aurais pas retrouvée aussi facilement.

Il haussa les épaules, comme pour lui montrer que son raisonnement était meilleur que le sien.

— Quand on s'apercevra de votre disparition, je m'arrangerai pour venir de ce côté au moment des recherches. Je peux gommer toutes les traces sans que personne ne s'en aperçoive. A présent, Autumn, je veux la pellicule. Dites-moi où vous l'avez mise.

— Je ne vous dirai rien.

Elle rejeta la tête en arrière. Tant qu'elle avait la

pellicule en sa possession, Steve devrait la garder en vie.

— Ils vont la trouver. Et quand ils la trouveront, ils sauront que c'était vous.

Il poussa un petit grognement d'impatience.

— Vous allez finir par parler, Autumn. Ce serait plus facile pour vous si vous le faisiez maintenant. Je ne veux pas vous faire plus de mal que nécessaire, sauf si vous m'y obligez.

Sa main partit si vite qu'elle n'eut pas le temps de l'esquiver. La force du coup la projeta contre un arbre. La douleur envahit son crâne, provoquant un vertige. Elle s'agrippa au tronc pour garder l'équilibre, tandis que Steve s'avançait vers elle.

Non, elle n'allait pas se laisser frapper sans réagir. Il s'en était tiré deux fois, et c'était deux fois de trop. Avec le plus de force possible, elle lui donna un coup de pied, visant sous la taille. Il tomba à genoux, et elle s'enfuit.

Chapitre 12

Elle courut à l'aveuglette. Elle devait fuir ! C'était la seule pensée cohérente qui occupait son esprit. Lorsque la première vague de panique diminua, elle s'aperçut qu'elle s'éloignait non seulement de Steve, mais aussi de l'auberge. Il était trop tard pour rebrousser chemin. Elle devait s'efforcer de mettre le plus de distance possible entre eux. Elle quitta le sentier pour s'enfoncer dans les broussailles.

Quand elle l'entendit approcher dans son dos, elle ne regarda pas en arrière, mais accéléra l'allure. Il haletait, mais il était près d'elle, beaucoup trop près. Après avoir de nouveau changé de direction, elle continua d'avancer. Le sol détrempé aspirait ses bottes, et elle devait faire de gros efforts pour ne pas perdre l'équilibre. Si elle glissait, il serait sur elle en une seconde, prêt à refermer les mains autour de son cou. *Elle n'allait pas glisser.*

Son cœur tambourinait dans sa poitrine et ses poumons manquaient d'air. Une branche fouetta l'air, lui cinglant la joue. Mais elle ne s'arrêterait pas. Elle allait courir, encore et encore, jusqu'à ce qu'elle ne l'entende plus derrière elle.

Un arbre était tombé et gisait en travers de son chemin. Sans rompre l'allure, elle sauta par-dessus. Elle glissa un instant en atterrissant dans la boue, puis reprit sa course folle. Derrière elle, Steve tomba. Elle entendit ses chaussures perdre contact avec le sol avec un bruit de succion, puis son juron étouffé. Parfait ! Elle maintint son rythme effréné, presque heureuse de ces quelques secondes d'avance que cette chute lui donnait.

Au bout d'un moment, elle perdit toute notion du temps et de l'orientation. Cette course-poursuite semblait n'avoir ni début ni fin. Seul courir comptait. Elle n'était plus capable de raisonner logiquement. Elle savait seulement qu'elle devait continuer à courir, même si elle avait presque oublié pourquoi. Elle avait le souffle court, les jambes en coton. Elle était prise dans la fuite éperdue de la proie, submergée par la peur panique à l'égard du chasseur.

Soudain, elle aperçut le lac. Sa surface brillait sous le soleil. Avec un reste de lucidité, elle se rappela ce que Steve avait admis pendant le petit déjeuner : il ne savait pas nager. Enfin, elle avait trouvé un objectif à sa course. Elle se précipita droit vers l'eau.

Lors de son sprint à travers bois, elle s'était éloignée de la crête en pente douce qui offrait un accès facile à la rive. Elle arrivait maintenant au bord d'un escarpement d'une vingtaine de mètres de haut. Sans hésiter, elle se lança dans la descente à toute vitesse. Au bout de quelques mètres, elle trébucha et se cramponna pour ne pas perdre l'équilibre. Comme un lézard, elle se plaqua contre la montagne pour continuer sa progression. Au passage, son corps frotta contre des roches pointues et glissa sur de la boue. Le pull de créateur de Julia se déchira. Une sensation de brûlure lui apprit que sa peau subissait le même traitement. Mais la peur lui fit oublier la douleur. Le lac en contrebas l'attirait, synonyme de sécurité et de victoire.

Sauf que Steve ne s'avouait pas vaincu. Elle entendait ses chaussures qui crissaient sur les roches au-dessus d'elle. Une pluie de gravier s'abattit sur sa tête. Folle de peur, elle franchit les trois derniers mètres en sautant. La force de l'impact au sol remonta dans ses jambes. Elles ployèrent, l'obligeant à faire un roulé-boulé. Puis elle se releva à la hâte, courant tout droit vers le lac.

Elle l'entendit qui criait son nom. Dans un dernier élan désespéré, elle se jeta à l'eau. La température glacée lui fit l'effet d'un choc électrique, mais loin de la couper dans son élan, cela lui apporta un regain de forces. Elle pataugea en direction des profondeurs. Elle allait gagner.

Comme une lumière qu'on éteint, l'élan qui l'avait emportée jusqu'ici l'abandonna. Le poids de ses bottes l'entraîna vers le fond. L'eau se referma sur sa tête. A moitié suffoquée, elle se débattit pour remonter à la surface. Les poumons brûlants, elle essaya d'aspirer une bouffée d'air. Ses bras lourds remuaient faiblement, la faisant s'enfoncer et remonter comme un bouchon. Un voile apparut devant ses yeux. Pourtant, elle résista, luttant contre l'eau qui l'aspirait. Persuadée qu'elle trouverait le salut, elle s'était en réalité fait un nouvel ennemi, aussi mortel que celui auquel elle avait essayé d'échapper.

Elle entendit des sanglots, puis elle prit vaguement conscience que c'était sa propre voix qui appelait à l'aide. Mais personne n'allait venir, elle le savait. Elle n'avait plus la force de lutter. Etait-ce de la musique qu'elle entendait ? Le son, profond et attirant, semblait venir d'en dessous. Elle céda, et lentement, laissa l'eau la prendre comme un amant.

Quelqu'un lui faisait mal, mais Autumn n'émit aucune protestation. Les ténèbres qui l'enveloppaient atténuaient la douleur. Les pressions sur sa poitrine lui faisaient l'effet d'une vague démangeaison. De l'air fut insufflé dans ses poumons, et elle poussa un petit gémissement agacé.

La voix de Lucas résonnait aux confins de son esprit. Il l'appelait d'une voix étrange, altérée. Etait-ce de la panique ? Oui, malgré les ténèbres, elle détectait une note de panique. Depuis le plus profond de son inconscience, elle trouva tout de même étrange d'entendre une telle chose dans la voix de Lucas. Ses paupières étaient lourdes, et les ténèbres l'attiraient irrésistiblement. Mais le besoin de le lui dire l'emporta. Elle s'obligea à ouvrir les yeux. Les ténèbres se dissipèrent, devenant un simple brouillard.

Il était penché au-dessus d'elle, de l'eau dégoulinant de son visage et de ses cheveux. Des gouttes froides éclaboussèrent ses joues, mais sa bouche était chaude, comme si celle de Lucas venait de la quitter. Elle le fixa, s'efforçant de retrouver la parole.

— Oh ! Autumn…

Lucas essuya l'eau sur ses joues, alors même qu'il l'aspergeait de nouveau avec ses cheveux trempés.

— Mon Dieu… Ecoute-moi. Tout va bien. Tu vas t'en sortir, tu entends ? Tu vas t'en sortir. Je vais te ramener à l'auberge. Est-ce que tu me comprends ?

Sa voix était désespérée, tout comme ses yeux. Elle n'avait jamais entendu ce ton ni vu cette expression. Pas chez Lucas. Elle voulait dire quelque chose pour le réconforter, mais la force lui manquait. Le brouillard se refermait de nouveau sur elle, et elle l'accueillit avec soulagement. Pendant encore un instant, elle le tint en retrait et chercha sa voix avec difficulté.

— J'ai cru que tu l'avais tuée, Lucas. Je suis désolée.

— Oh ! chaton…

Sa voix était incroyablement lasse. Elle sentit sa bouche effleurer la sienne, puis plus rien.

Des voix, vagues et sans texture, flottaient le long d'un tunnel. Autumn les entendit avec déplaisir. Elle tenait à sa sérénité. Elle tenta de se replonger dans les ténèbres, mais Lucas n'avait aucun respect pour ce que voulaient les autres. Sa voix interrompit sa solitude, soudain claire et comme toujours exigeante.

— Je reste avec elle jusqu'à ce qu'elle se réveille. Je ne la laisse pas.

— Lucas, vous êtes exténué.

La voix de Robert était basse et rassurante, en contraste direct avec celle de Lucas.

— Je vais rester avec Autumn. Ça fait partie de mon travail. Elle va sûrement flotter entre la conscience et l'inconscience toute la nuit. Vous ne saurez pas comment l'aider.

— Alors vous me direz quoi faire. Je reste avec elle.

— Bien sûr que vous allez rester, mon cher.

La voix de tante Tabby, ferme et résolue, la surprit malgré les ténèbres qui l'entouraient.

— Lucas va rester, docteur Spicer. Vous avez déjà dit que c'était surtout une question de repos, et qu'il fallait attendre qu'elle se réveille toute seule. Lucas peut s'occuper d'elle.

La voix rauque de Julia résonna soudain au-dessus d'Autumn.

— Je ne serai pas loin, Lucas. N'hésite pas à m'appeler.

Soudain, elle voulut leur demander ce qui s'était passé. Elle s'efforça de parler, mais ne réussit à émettre qu'un gémissement. Une main fraîche se posa sur son front.

— Est-ce qu'elle a mal ?

Etait-ce la voix de Lucas ? se demanda-t-elle. Une voix qui tremblait ?

— Bon sang, donnez-lui quelque chose contre la douleur !

Les ténèbres tourbillonnaient de nouveau, brouillant tous les sons. Elle se laissa emporter sans résister.

Elle rêvait. L'épais rideau noir prit une texture veloutée, aux reflets lunaires. Lucas la regardait. Son visage avait l'air étrangement net pour un rêve. Sa main fraîche semblait réelle sur sa joue.

— Chaton, tu m'entends ?

Elle le dévisagea, puis fit appel à toute sa concentration.

— Oui.

Elle ferma les yeux, laissant les ténèbres tourbillonner. Quand elle rouvrit les yeux, il était toujours là. Elle déglutit. Sa gorge était sèche au point de la brûler.

— Est-ce que je suis morte ?

— Non. Non, tu n'es pas morte.

Lucas versa un liquide froid dans sa bouche. Tandis qu'elle essayait de rassembler ses souvenirs, elle ferma de nouveau les yeux. C'était trop dur, et elle lâcha prise.

La douleur l'envahit. Brutale et inattendue, elle s'étendit dans ses bras et ses jambes. Elle entendit quelqu'un pousser un gémissement pitoyable. Lucas apparut de nouveau au-dessus d'elle, son visage pâle éclairé par un rayon de lune.

— Ça fait mal, se plaignit-elle.

— Je sais.

Il s'assit à son côté et rapprocha une tasse de ses lèvres.

— Essaie de boire.

Elle avait la sensation d'errer à travers l'espace en flottant comme un gros ballon rouge. La douleur s'était estompée lorsqu'elle reprit connaissance.

— Le pull de Julia, murmura-t-elle en rouvrant les yeux. Il est déchiré. Je crois que je l'ai déchiré. Je vais devoir lui en racheter un autre.

— Ne t'en fais pas pour ça. Repose-toi.

La main de Lucas était dans ses cheveux, et elle tourna son visage vers cette main, en quête de réconfort. Elle se remit à flotter.

— Je suis sûre qu'il était cher, murmura-t-elle au bout de ce qui lui semblait bien une bonne heure de silence. Mais je n'ai pas vraiment besoin de ce nouveau trépied. Julia m'a prêté ce pull. J'aurais dû faire plus attention.

— Julia a des douzaines de pulls. Ne t'inquiète pas.

Elle ferma les yeux, rassurée. Mais elle savait que son trépied allait devoir attendre.

— Lucas.

Elle émergea de nouveau, mais la lueur de la lune avait désormais la couleur de l'aube.

— Oui, je suis ici.

— Pourquoi ?

— Pourquoi quoi, chaton ?

— Pourquoi es-tu ici ?

Mais il disparut à sa vue, et elle n'entendit jamais sa réponse.

Chapitre 13

Le soleil était trop fort. Habituée à l'obscurité, Autumn cligna des paupières en signe de protestation.

— Alors, Autumn, vous comptez rester parmi nous cette fois, ou est-ce que c'est une autre visite éclair ?

Julia se pencha sur elle et lui tapota la joue.

— Vous reprenez un peu de couleurs et votre température a baissé. Comment vous sentez-vous ?

Autumn resta immobile un moment, réfléchissant à la question.

— Vide, décida-t-elle.

Julia éclata de rire.

— Si vous parlez de votre estomac, je vous reconnais bien là.

— Vidée de partout, précisa Autumn. Surtout ma tête.

Désorientée, elle regarda autour d'elle.

— J'ai été malade ?

— Vous nous avez fait une belle peur.

Julia s'assit sur le lit et l'observa.

— Vous ne vous en souvenez pas ?

— Je… rêvais ?

En fouillant dans sa mémoire, Autumn n'y trouva que des morceaux épars.

— Lucas était ici. Je lui ai parlé.

— Oui. Il a dit que vous aviez flotté entre la conscience et l'inconscience toute la nuit. Vous avez réussi à dire un mot ou deux de temps en temps. Pensiez-vous vraiment que j'allais vous laisser sacrifier votre nouveau trépied ?

Elle déposa un baiser sur la joue d'Autumn, puis la prit dans ses bras.

— Quand Lucas est arrivé en vous portant, nous avons cru…

Elle secoua la tête brusquement et se redressa. Elle avait les yeux humides. La célèbre actrice Julia Bond était sur le point de pleurer.

— Julia.

Autumn crispa les paupières pour réfléchir, mais sa mémoire lui faisait toujours défaut.

— J'étais censée vous rejoindre dans votre chambre, mais je ne suis pas venue.

— Non, vous n'êtes pas venue. J'aurais dû vous traîner avec moi. Rien de tout ça ne se serait produit.

Julia se leva.

— Apparemment, Lucas et moi nous sommes laissé abuser par ces grands et innocents yeux verts. Je ne sais pas combien de temps nous avons perdu à chercher cette fichue pellicule avant qu'il ne reparte vous voir.

— Je ne comprends pas. Pourquoi…

En levant le bras pour repousser ses cheveux,

Autumn remarqua le bandage qui lui entourait la main.

— Qu'est-ce que c'est que ça ? Je me suis blessée ?

— Tout va bien, à présent, éluda Julia. Je ferais mieux de laisser Lucas vous expliquer. Il va être furieux : vous vous êtes réveillée alors que je l'ai obligé à descendre me faire un café.

— Julia…

— Plus de questions.

Elle coupa Autumn tout en prenant une robe de chambre sur une chaise.

— Et si vous enfiliez ça ? Vous vous sentirez mieux.

Elle passa le vêtement soyeux sur les bras d'Autumn, couvrant d'autres bandages. En les voyant, Autumn sentit sa confusion grandir et des souvenirs vagues lui vinrent soudain à l'esprit.

— Restez allongée et détendez-vous, ordonna Julia. Tante Tabby a déjà mis de la soupe sur le feu. Elle n'attend que vous. Je vais lui demander de la servir dans un énorme bol.

Elle embrassa de nouveau Autumn, puis marcha jusqu'à la porte.

— Ecoutez, Autumn, déclara-t-elle avec un sourire nonchalant, il a vécu un enfer ces dernières vingt-quatre heures, mais ne lui rendez pas les choses trop faciles non plus.

Une fois Julia partie, Autumn regarda la porte en fronçant les sourcils. De quoi voulait-elle parler ?

Elle ne trouverait pas de réponse en traînant au

lit. Quand elle parvint à se lever, tous ses nerfs, tous ses muscles protestèrent. Elle faillit succomber à l'envie de replonger sous le drap, mais la curiosité était la plus forte. Les jambes chancelantes, elle marcha jusqu'au miroir.

— Bonté divine !

Elle avait l'air encore pire que ce qu'elle craignait. Le bleu sur sa tempe s'était trouvé des compagnons. Il y avait une légère décoloration sur sa pommette et quelques égratignures. Elle eut soudain un souvenir précis : l'écorce rugueuse sous ses mains. Elle les leva pour regarder les bandages.

— Qu'est-ce que j'ai bien pu me faire ? se demanda-t-elle à voix haute.

Elle serra la ceinture de la robe de chambre pour dissimuler le pire des dégâts.

La porte s'ouvrit. Dans le reflet, elle vit Lucas entrer dans la chambre. Lui aussi faisait peur à voir. Il semblait ne pas avoir dormi depuis des jours. Ses rides de tension étaient plus profondes et son menton n'était pas rasé. Seuls ses yeux étaient les mêmes : noirs et intenses.

— Tu as une sale tête, déclara-t-elle sans se retourner. Tu as besoin de dormir.

Il émit un petit rire. Dans un geste qu'elle ne lui avait jamais vu faire, il leva les mains pour se frotter le visage.

— J'aurais dû m'y attendre, murmura-t-il.

Il soupira, puis lui adressa un sourire tout droit sorti du passé.

— Tu ne devrais pas être debout. Tu risques de t'effondrer à chaque instant.

— Je vais bien. En tout cas, ça allait avant que je me voie dans la glace.

Elle se tourna pour lui faire face.

— J'ai cru que j'allais m'évanouir sous le choc.

— Tu es la plus belle chose que j'aie jamais vue, fit-il d'un ton doux et sérieux.

— Les malades ont toujours droit à des gentillesses.

Elle détourna le regard. La remarque l'avait blessée, et elle n'avait plus la force de souffrir davantage.

— J'ai besoin de quelques explications. Mon cerveau est un peu embrumé.

— Robert a dit qu'il fallait s'y attendre après…

Il s'interrompit et fourra ses poings serrés dans ses poches.

— Après tout ce qui s'est passé, dit-il, un ton plus bas.

Elle baissa de nouveau les yeux sur ses mains bandées.

— Justement, que s'est-il passé ? Je n'arrive pas à me souvenir. Je courais…

Elle releva la tête pour sonder son regard.

— Dans les bois, dans la descente…

Elle secoua la tête. Elle n'avait toujours que des bribes de souvenirs.

— J'ai déchiré le pull de Julia.

— Bon sang ! Arrête de penser au pull de Julia ! C'est un comble !

Devant cette réaction de colère, elle écarquilla les yeux. Mais que s'était-il passé, enfin ?

— Tu t'es presque noyée, et tout ce que tu as en tête, c'est le pull de Julia !

Elle sentit ses lèvres se mettre à trembler. *Se noyer...*

— Le lac, murmura-t-elle.

La mémoire lui revint comme un raz-de-marée.

— Steve. C'était Steve... Il a tué Helen. Il me pourchassait. La pellicule... je ne voulais pas la lui donner.

Elle avala sa salive avec difficulté, essayant de garder son calme.

— Je t'ai menti. Je l'avais dans ma poche. J'avais beau courir, il était toujours sur mes talons.

— Chaton...

Elle se recula, mais il l'entoura de ses bras.

— Arrête. N'y pense plus. Bon sang, je n'aurais pas dû te le dire comme ça.

Il pressa la joue contre ses cheveux.

— Je suis incapable de faire quoi que ce soit correctement avec toi.

— Non. Non, laisse-moi réfléchir.

Elle le repoussa. Elle voulait tous les détails. Une fois qu'elle les aurait, elle aurait moins peur.

— Il m'a trouvée dans les bois après ton départ. Il était avec Helen au bord du lac le matin où j'ai pris les photos. Il m'a dit qu'il l'avait tuée. Il m'a tout raconté.

— Nous sommes au courant, la coupa Lucas

sèchement. Il a tout avoué quand nous l'avons ramené ici. Nous avons réussi à joindre la police ce matin.

Il sortit une cigarette et l'alluma.

— Il est déjà sous leur garde. Ils ont aussi ta pellicule, pour ce que ça vaut. Jacques l'a retrouvée sur le sentier.

— Elle a dû tomber de ma poche. Lucas, c'était tellement bizarre.

Elle fronça les sourcils. Toute l'horrible scène avec Steve lui revenait clairement.

— Il s'est excusé de devoir me tuer. Ensuite, quand je lui ai dit que je ne lui donnerais pas la pellicule, il m'a frappée tellement fort que j'ai failli m'évanouir.

Une expression de fureur sur le visage, Lucas fonça vers la fenêtre. Il fixa le paysage sans rien dire.

— Quand il s'en est de nouveau pris à moi, poursuivit-elle, je lui ai donné un bon coup de pied, là où je savais que ça allait faire mal.

Lucas marmonna quelques mots si grossiers qu'elle crut avoir mal compris. Pendant quelques instants, elle déroula toute sa fuite à travers les bois, plus pour elle que pour lui.

— Je t'ai vue quand tu as commencé ta descente suicidaire le long de l'escarpement, fit-il d'une voix rauque, en continuant à lui tourner le dos. Comment as-tu réussi à arriver en bas sans te fracasser le crâne…

Comme elle gardait le silence, il fit volte-face.

— J'avais suivi tes traces dans les bois. Quand j'ai vu que tu allais vers le lac, j'ai changé de direction et j'ai commencé à courir vers la crête. J'espérais couper le chemin d'Anderson.

Il tira sur sa cigarette, puis prit une longue inspiration tremblante.

— Je t'ai vue te précipiter le long de ces rochers. Tu as eu de la chance de t'en sortir vivante. Je t'ai appelée, mais tu as continué à foncer vers le lac. Lui, je l'avais coincé avant que tu n'entres dans l'eau.

— J'ai entendu quelqu'un appeler, mais j'ai cru que c'était Steve.

Elle posa sa main bandée contre sa tempe.

— Je n'avais qu'une chose en tête : je devais parvenir à l'eau avant qu'il ne me rattrape. Je m'étais souvenue qu'il ne savait pas nager. Ensuite, quand j'ai eu du mal à rester à la surface, j'ai paniqué et j'ai oublié toutes ces règles essentielles qu'on apprend en cours de sauvetage.

Lentement, de façon mesurée, Lucas écrasa sa cigarette.

— Le temps que je l'assomme, tu pataugeais déjà dans l'eau. Je ne sais pas comment tu as réussi à aller aussi loin après ta course folle, et avec des bottes de dix kilos. J'étais à une dizaine de mètres derrière toi quand tu as disparu sous la surface. Tu as coulé comme une pierre.

Il se détourna de nouveau pour regarder par la fenêtre.

— J'ai cru que tu étais morte quand je t'ai

repêchée. Tu étais blanche comme un linge et tu ne respirais plus. En tout cas, pas assez fort pour que je le voie.

Il sortit une autre cigarette. Cette fois, il dut se battre avec son briquet pour obtenir une flamme. Il jura, puis inspira profondément.

— Je me souviens que tu me dégoulinais dessus, murmura-t-elle. Ensuite, j'ai cru que j'étais morte.

— Tu as bien failli, répliqua Lucas dans un nuage de fumée. J'ai dû te sortir au moins sept litres d'eau du corps. Tu as repris connaissance le temps de t'excuser d'avoir cru que j'avais tué Helen.

Mon Dieu… De cela aussi elle se souvenait maintenant. Comment avait-elle pu être aussi injuste avec lui ?

— Je suis désolée, Lucas.

— Non ! s'exclama-t-il sèchement en pivotant vers elle.

— Mais je n'aurais jamais dû…

— Ah non ? la coupa-t-il avec fureur. Pourquoi ? Je comprends pourquoi tu en es venue à cette conclusion. Vu comment je t'ai attaquée pour récupérer la pellicule.

Elle mit un moment avant de retrouver sa voix.

— Tu as dit tellement de choses qui m'ont fait penser… et tu étais tellement en colère. Quand tu m'as demandé la pellicule, je voulais que tu me racontes tout.

— Mais au lieu de te donner des explications, je t'ai malmenée. Typique, n'est-ce pas ?

Il inspira, mais son corps restait tendu comme un arc.

— Je te dois d'autres excuses. J'en ai accumulé un certain nombre. Les veux-tu en bloc, chaton, ou l'une après l'autre ?

Elle détourna les yeux. Elle ne voulait pas d'excuses, elle voulait une explication.

— Pourquoi est-ce que tu la voulais, Lucas ? Comment étais-tu au courant ?

— Tu vas peut-être avoir du mal à me croire, mais je ne suis pas complètement inhumain. Je voulais la pellicule parce que j'espérais qu'en la récupérant, et en clamant que je l'avais, tu serais en sécurité. Et…

Quand elle reporta son attention sur lui, elle vit une ombre lui passer sur le visage.

— J'ai cru que tu savais, ou que tu te souvenais de ce qu'il y avait sur cette pellicule, et que tu protégeais Anderson.

Elle n'en croyait pas ses oreilles.

— Que je le protégeais ? Pourquoi est-ce que j'aurais fait ça ?

Lucas haussa les épaules.

— Tu avais l'air de l'apprécier.

— Je le trouvais gentil, répliqua-t-elle lentement. Comme nous tous. Mais je le connaissais à peine. Tout compte fait, je ne le connaissais pas du tout.

— J'ai pris ta gentillesse naturelle pour autre chose. Et j'ai aggravé mon erreur en réagissant de façon excessive. J'étais furieux que tu lui accordes ce que tu ne me donnais pas à moi : ta confiance, ton amitié. Ton affection.

— Tu es comme le chien du jardinier, maintenant ? demanda-t-elle d'une voix glaciale.

Lucas eut un haussement d'épaules négligent, mais un muscle se mit à tressauter au coin de sa bouche.

— Si tu le dis.

— Je suis désolée.

Avec un soupir, elle tira sur ses cheveux d'un air fatigué.

— C'était une remarque injustifiée.

— Vraiment ? répliqua-t-il en écrasant sa cigarette. J'en doute. Tu es en droit de m'envoyer quelques piques, chaton. Tu en as assez reçu de ma part.

— Ne nous écartons pas du sujet.

Elle fit quelques pas, la robe de chambre de soie de Julia tourbillonnant autour d'elle.

— Tu as cru que je protégeais Steve. D'accord. Mais comment savais-tu qu'il avait besoin d'être protégé ?

— Julia et moi avions déjà assemblé quelques pièces du puzzle. Nous étions presque sûrs que c'était lui qui avait tué Helen.

— Toi et Julia.

Elle se tourna vers lui, curieuse. Elle voulut faire un geste de la main, mais la douleur l'en empêcha.

— Tu vas devoir être plus clair, Lucas. Je suis toujours un peu dans le brouillard.

— Julia et moi, nous avions discuté en détail du

chantage d'Helen. Jusqu'à son meurtre, nous nous étions concentrés sur le problème de Jacques. Ni Julia ni moi n'étions préoccupés par les petites menaces d'Helen contre nous. Quand elle a été tuée, et que ta chambre a été vandalisée, nous avons creusé l'idée que ces deux événements étaient liés… Et si tu retournais au lit, Autumn ? Tu es toute pâle.

— Non.

Elle secoua la tête. Elle ne devait pas songer à la chaleur que provoquait l'inquiétude dans la voix de Lucas.

— Je vais bien. Je t'en prie, ne t'arrête pas maintenant.

Il eut l'air prêt à protester, puis changea d'avis.

— Je n'avais jamais cru que tu aies pu saboter ta pellicule ou t'assommer toute seule. Avec Julia, nous avons commencé un processus d'élimination. Je n'avais pas tué Helen et je savais que ce n'était pas Julia. Cette nuit-là, avant de venir dans ta chambre, j'étais dans la sienne en train de me faire sermonner sur mes relations avec les femmes. Et j'avais croisé Helen dans le couloir un peu avant de rejoindre Julia. Même si Julia avait eu envie de tuer Helen, je doute qu'elle ait eu deux déshabillés blancs identiques. Il y aurait eu du sang dessus.

Il haussa les épaules.

— De toute façon, si Julia l'avait tuée, elle l'aurait probablement avoué.

— Oui, dit-elle en hochant la tête et tout en se demandant en quoi consistait le sermon de Julia.

— Je connais Jacques depuis des années, poursuivit Lucas. Il est tout simplement incapable de commettre un meurtre. Julia et moi avons plus ou moins éliminé les Spicer de la liste. Robert est trop dévoué à sa mission de sauver des vies pour en supprimer une, et Jane fondrait en larmes.

Il se mit à arpenter la pièce.

— Anderson avait le profil idéal. Et pour certaines raisons, je voulais que ce soit lui. Notre courageuse Julia a demandé le double de sa clé à tante Tabby. Elle a fouillé sa chambre à la recherche de la chemise qu'il portait la nuit du meurtre. Je l'ai presque étranglée quand elle m'a dit ce qu'elle avait fait. C'est une sacrée bonne femme.

— Oui, répliqua-t-elle.

La jalousie luttait avec l'affection. L'affection l'emporta.

— Elle est fantastique.

— La chemise avait disparu. Julia prétend avoir un œil infaillible pour les vêtements, et je voulais la croire. Nous avons estimé que tu devais être mise en garde sans entrer dans les détails. J'ai pensé que ce serait mieux que tu te méfies de tout le monde. Nous avons décidé que Julia te parlerait, parce que tu lui ferais confiance plus vite qu'à moi. Je n'avais rien fait pour mériter ta confiance.

— Elle s'y est bien prise pour me faire peur, se souvint Autumn. J'en ai fait des cauchemars.

— Je suis désolé. Ça nous paraissait la meilleure chose à faire à ce moment-là. Nous pensions que la pellicule avait été détruite, mais nous ne voulions pas prendre de risques.

— Elle en parlait à Jacques, ce soir-là, n'est-ce pas ?

— Oui, répondit Lucas, remarquant la légère contrariété dans sa voix. Comme ça, nous étions trois à prendre soin de toi.

— J'aurais pu m'en charger toute seule si j'avais été au courant.

— Non, je ne crois pas. Ton visage est un livre ouvert. Ce matin-là, au petit déjeuner, quand tu as commencé à parler d'une quatrième pellicule et que la mémoire t'est revenue, tout s'est vu dans tes yeux.

Elle essaya de se justifier. Elle n'était pas si naïve tout de même.

— Si j'avais été préparée…

Mais il ne la laissa pas terminer.

— Si tu avais rejoint Julia au lieu d'agir comme une idiote, nous aurions pu te garder en sécurité.

— Je voulais réfléchir, commença-t-elle, furieuse d'avoir été tenue à l'écart.

— C'était ma faute, l'interrompit Lucas en levant une main. Je suis responsable de tout ça. J'aurais dû m'y prendre autrement. Tu n'aurais jamais été blessée si je l'avais fait.

— Non, Lucas.

Une bouffée de culpabilité l'envahit. Elle se souvenait de l'expression sur son visage quand il l'avait ramenée sur le rivage.

— Je serais morte sans toi.

— Ne me regarde pas comme ça. Je ne peux pas le supporter ! s'exclama-t-il en se détournant. Je fais de mon mieux pour tenir parole. Je vais aller chercher Robert. Il voudra sûrement t'examiner.

— Lucas.

Elle n'allait pas lui laisser franchir la porte sans avoir toutes les explications. Car il y avait d'autres non-dits entre eux, et ce depuis trop longtemps maintenant.

— Pourquoi es-tu venu ici ? Et ne me dis pas que tu es venu en Virginie pour écrire. Je connais… Je me souviens de tes habitudes.

Lucas se tourna vers elle, tout en gardant la main sur la poignée.

— Je te l'ai déjà dit, l'autre raison n'est plus valable. N'y pense plus.

Il s'était réfugié derrière le masque froid et détaché qu'il maniait si bien, mais elle refusait de se laisser déconcentrer.

— C'est l'auberge de ma tante, Lucas. De façon indirecte, ta présence ici a causé tous ces événements. J'ai le droit de savoir pourquoi tu es venu.

Il la dévisagea pendant de longues secondes, puis enfonça de nouveau les mains dans ses poches.

— Très bien. J'imagine que je n'ai aucun droit à ma fierté après ce qui s'est passé, et tu mérites d'avoir un peu de réconfort après ce que je t'ai fait subir.

Il ne se rapprocha pas, mais riva les yeux aux siens.

— Je suis venu à cause de toi. Parce que je devais te récupérer, ou j'allais devenir fou.

— A cause de moi ?

La douleur qui la traversa était si fulgurante qu'elle éclata de rire. Elle n'avait plus de larmes, de toute façon.

— Oh ! Lucas, je t'en prie, trouve autre chose.

Elle le vit tressaillir tandis qu'il retournait près de la fenêtre.

— Tu m'as plaquée, tu te souviens ? Tu ne voulais pas de moi à l'époque. Tu ne veux pas de moi maintenant.

— *Je ne voulais pas de toi !*

Il fit volte-face en renversant un vase qui partit s'écraser un peu plus loin. Il semblait vibrer de colère.

— Tu ne peux pas imaginer à quel point je te voulais, à quel point je t'ai voulue toutes ces années. J'ai cru que j'allais perdre la tête à force de te vouloir.

— Non, je n'écouterai pas ça, répliqua-t-elle, prise de panique, en se détournant et en s'appuyant contre la colonne du lit.

— Tu as posé la question. A présent, tu vas écouter.

Non, c'était lui qui allait l'écouter.

— Tu m'as dit que tu ne voulais pas de moi, lança-t-elle. Je n'ai jamais compté pour toi. Tu m'as dit que c'était fini et tu as haussé les épaules comme si ça n'avait jamais eu aucune importance. Rien, absolument rien, ne m'a blessée comme ta façon de me repousser.

— Je sais ce que j'ai fait.

La colère dans sa voix avait été remplacée par de la lassitude.

— Je me souviens des choses que je t'ai dites pendant que tu restais là, à me regarder. Je me suis détesté. Je voulais que tu cries, que tu t'énerves, pour me faciliter la tâche. Mais tu t'es contentée de pleurer. Je n'ai jamais oublié ton visage à ce moment-là.

Elle se redressa et le toisa du regard.

— Tu as dit que tu ne voulais plus de moi. Pourquoi aurais-tu agi ainsi si ce n'était pas vrai ?

— Parce que tu me terrifiais.

Il l'avoua avec tant de simplicité qu'elle s'affala sur le lit, le regard levé vers lui.

— Je te terrifiais ? Moi, je te terrifiais ?

— Tu ne sais pas ce que tu me faisais. Toute cette douceur, cette générosité… Tu ne me demandais jamais rien, et pourtant, tu demandais tout.

Trop choquée pour parler, elle le regarda qui se remettait à faire les cent pas.

— Tu étais comme une obsession. C'est ce que je me suis dit. Si je rompais avec toi, si je te faisais assez mal pour que tu t'en ailles, alors je guérirais. Plus je passais de temps avec toi, plus j'avais besoin de toi. Je me réveillais au milieu de la nuit et je te maudissais de ne pas être là. Et après, je me maudissais d'avoir besoin de toi à mes côtés. Je devais prendre mes distances. Je ne voulais pas admettre, même pas vis-à-vis de moi-même, que je t'aimais.

— Tu m'aimais ? répéta-t-elle bêtement. Tu m'aimais ?

— Je t'aimais, je t'aime aujourd'hui, et pour le reste de ma vie.

Lucas prit une profonde inspiration, comme si les mots l'avaient laissé à bout de souffle.

— J'étais incapable de le dire. J'étais incapable d'y croire.

Il arrêta ses allées et venues pour la regarder.

— Depuis trois ans, j'ai gardé un œil sur toi. J'ai trouvé toutes sortes d'excuses pour le faire. Quand j'ai entendu parler de l'auberge, et de ce qu'elle représentait pour toi, j'ai commencé à venir ici de temps à autre. Finalement, je me suis rendu compte que je n'allais pas m'en sortir sans toi. J'ai établi un plan d'action. J'avais tout prévu, termina-t-il avec un sourire ironique.

— Un plan d'action ? répéta-t-elle.

Elle nageait en pleine confusion. Elle avait le cœur battant, une partie d'elle était sur le point d'éclater de bonheur, mais avait-elle bien tout compris ? Toutes ces larmes, toute cette souffrance, alors qu'il l'aimait !

— Je n'ai eu aucun mal à donner à tante Tabby l'idée de t'écrire pour te demander de lui rendre visite. Te connaissant, je savais que tu viendrais sans poser de questions. C'était tout ce dont j'avais besoin. J'étais tellement sûr de moi. Je pensais que j'avais seulement à lancer l'invitation et que tu me tomberais dans les bras. Comme avant. Je t'aurais récupérée, je t'aurais épousée avant que tu ne retrouves tes esprits et je me serais félicité pour mon intelligence.

— M'épouser ? demanda-t-elle en haussant les sourcils.

— Une fois que nous aurions été mariés, poursuivit Lucas sans se soucier de son interruption, je n'aurais plus jamais eu peur de te perdre. Je n'aurais jamais accepté de divorcer, quels que soient tes efforts. J'avais besoin d'un bon coup sur la tête, et tu me l'as donné. Au lieu de retomber dans mes bras, tu m'as envoyé paître. Mais ça ne m'a pas découragé bien longtemps. Non, tu m'avais aimé autrefois, et j'allais tout faire pour que tu m'aimes de nouveau. Je pouvais m'accommoder de ta colère, mais ta froideur… Je ne savais pas que je pouvais souffrir à ce point. Ça a été un vrai choc. Te revoir…

Il marqua une pause, comme s'il cherchait ses mots.

— C'était tout simplement de la torture, d'être si près de toi et de ne pas pouvoir t'avoir. Je voulais te dire ce que tu signifiais pour moi, mais chaque fois que je t'approchais, je me comportais comme un fou. Hier, quand tu t'es écartée de moi en me demandant de ne plus te faire de mal… je ne peux pas te dire ce que ça m'a fait.

— Lucas…

— Tu devrais me laisser finir. Sinon je n'y arriverai jamais.

Il s'apprêtait à reprendre une cigarette, mais changea d'avis.

— Julia m'a passé un sacré savon, mais j'étais incapable de me retenir. Plus tu résistais, plus je te maltraitais. Dès que nous étions ensemble, je faisais quelque chose de travers. Ce jour-là, dans ta chambre…

Il s'interrompit, le visage défait.

— Je t'ai presque violée. J'étais fou de jalousie, après t'avoir surprise avec Anderson. Quand je t'ai vue pleurer, je me suis promis de ne plus jamais causer cette réaction. Ce jour-là, j'étais prêt à supplier, à ramper, à faire ce qui était nécessaire. Quand je t'ai vue en train de l'embrasser, quelque chose s'est brisé en moi. Je me suis mis à penser à tous les hommes avec qui tu avais été ces trois dernières années. Les hommes qui pouvaient t'avoir de nouveau, contrairement à moi.

— Je n'ai jamais été avec un autre homme, lâcha-t-elle d'une voix douce.

L'expression de Lucas passa d'une fureur à peine contenue à la confusion. Puis il étudia son visage avec une intensité familière.

— Pourquoi ?

— Parce qu'à chaque fois que je commençais, je me rendais compte qu'il n'était pas toi.

Elle vit Lucas fermer les yeux, comme s'il venait de recevoir un coup.

— Je n'ai jamais rien fait dans ma vie pour te mériter, murmura-t-il.

— C'est probablement vrai.

Elle se leva du lit pour s'approcher de lui. Elle y voyait plus clair maintenant et elle voulait y croire, mais elle avait encore besoin de quelques mots.

— Lucas, si tu veux être avec moi, dis-le-moi, et dis-moi pourquoi. Demande-le-moi, Lucas. Je veux que ça soit clair.

— Très bien.

Il fit rouler ses épaules tout en se tournant vers elle. Mais son regard n'avait rien de nonchalant.

— Chaton…

Il leva la main pour lui toucher la joue, puis la fourra dans sa poche.

— Je te veux, désespérément, parce que mon existence n'est pas tolérable sans toi. J'ai besoin de toi, parce que tu es, et tu l'as toujours été, la meilleure partie de ma vie. Je t'aime pour tellement de raisons qu'il me faudrait des heures pour toutes les citer. Reviens avec moi, s'il te plaît. Epouse-moi.

Elle aurait voulu se jeter dans ses bras, lui dire à quel point elle l'aimait elle aussi, mais elle s'en empêcha. *Ne lui rendez pas les choses trop faciles.* La voix de Julia résonnait dans sa tête. Non, Lucas avait obtenu trop de choses trop facilement. Elle lui sourit, mais ne bougea pas.

— D'accord, répondit-elle simplement.

— D'accord ? répéta-t-il en fronçant les sourcils, l'air incertain. D'accord, quoi ?

— Je t'épouserai. C'est ce que tu veux, n'est-ce pas ?

— Oui, bon sang, mais…

— Tu pourrais au moins m'embrasser, Lucas. C'est la tradition.

Il posa légèrement les mains sur ses épaules.

— Je veux que tu sois sûre, parce que je serai incapable de te laisser partir. Si c'est de la gratitude, je suis assez désespéré pour en profiter. Mais je veux que tu réfléchisses à ce que tu es en train de faire.

Légèrement amusée, elle pencha la tête sur le côté.

— Tu sais que je pensais que c'était toi avec Helen sur cette pellicule ?

— Au nom du ciel…

— Je suis allée dans les bois, poursuivit-elle avec douceur. J'étais sur le point d'exposer la pellicule à la lumière quand Steve est arrivé. Lucas…, fit-elle en se rapprochant de lui. Sais-tu ce que je pense du caractère sacré de la pellicule ?

Il poussa un petit soupir de soulagement. Il avait compris. Elle n'avait pas besoin d'en dire plus, il savait maintenant ce qu'elle aurait été capable de faire par amour pour lui. Il encadra son visage entre ses mains et sourit.

— Oui. Oui, bien sûr. Quelque chose comme le onzième commandement.

— « Tu n'exposeras pas de pellicule non développée. » Alors, maintenant…

Elle se serra contre lui.

— Tu vas m'embrasser, ou est-ce que je dois prendre les choses en main ?

Dès le 1er juin, 5 romans à découvrir dans la

Trois fiancées pour les MacGregor - ***Saga des MacGregor***

Dan, Ian et Duncan, les trois petits-fils du vieux Daniel MacGregor, ont tout pour eux. Dan est un peintre talentueux à l'indomptable énergie, revenu vivre à Washington après des années d'absence. Ian se consacre à sa carrière d'avocat à Boston, où il vient d'acheter une vieille maison pleine de charme. Quant à Duncan, il vient de réaliser son rêve : acheter le luxueux yacht *La Princesse Comanche*, qui relie Saint Louis à La Nouvelle-Orléans. Intelligents, brillants, passionnés, tous trois sont par ailleurs parfaitement satisfaits de leur vie sentimentale sans attaches et n'ont aucune envie de renoncer à leur liberté pour se marier et fonder une famille. Ce qu'ils ignorent, c'est que leur grand-père, désireux de voir le clan s'agrandir, leur a choisi à chacun la « fiancée parfaite »...

Un été au Maryland - Les chaînes du passé

A Antietam, au cœur du Maryland, un été se profile qui va bouleverser à jamais l'existence de plusieurs êtres meurtris par la vie… A l'image de la nature autour d'elle, Cassie Connor se sent en effet revivre. Elle qui a subi des années durant les violences de son mari, n'a-t-elle pas trouvé enfin le courage de porter plainte contre lui ? A présent que Joe croupit en prison, elle peut savourer sa liberté toute neuve. Et même accepter d'être courtisée par Devin MacKade, l'un des célibataires les plus en vue de la région. Mais on ne se libère pas si facilement du passé, et même si elle sent que Devin éprouve bien plus qu'une simple attirance pour elle, Cassie doute encore d'avoir le droit d'aimer et d'être aimée. La peur, cette compagne de toujours, n'a pas lâché son emprise sur elle. Seul le temps, peut-être, pourrait l'aider. Mais alors qu'elle croit le bonheur à portée de main, la nouvelle tombe que Joe s'est évadé, et qu'il est bien décidé à se venger de celle qui l'a envoyé en prison…

L'auberge du mystère

Après trois ans à New York, Autumn se réjouit de passer quelques jours dans la chaleureuse petite auberge tenue pas sa tante, au cœur des montagnes de Virginie. Mais une fois sur place, rien ne se déroule comme elle l'avait imaginé. D'abord parce qu'elle a la stupeur de trouver là Lucas McLean et que ces retrouvailles inattendues la bouleversent bien plus qu'elle ne le voudrait. Ensuite parce qu'elle devine immédiatement qu'une tension lourde et menaçante règne entre tous les pensionnaires de l'auberge. Comme s'ils étaient unis par un sombre secret… Son intuition se confime lorsqu'on découvre une des clientes poignardée dans sa chambre. Très vite, Autumn comprend que toutes les personnes présentes avaient des raisons de détester la victime… et de la tuer. Et alors qu'une tornade isole l'auberge du reste du monde, une question ne cesse plus de la hanter : le meurtrier pourrait-il être Lucas ?

Un ténébreux amant

A la mort de son père qu'elle adorait, Eden Carlbough découvre que sa famille est ruinée. Et que, en dépit de son chagrin, elle doit laisser derrière elle sa vie de jeune fille privilégiée de la haute société de Philadelphie, et se construire une nouvelle vie. Une nouvelle vie qui débutera à Camp Liberty, la colonie de vacances où elle va enseigner l'équitation. Là, elle espère montrer à tous qu'elle est bien plus qu'une jeune femme mondaine et superficielle et, surtout, se prouver à elle-même qu'elle est capable de voler de ses propres ailes. Mais quand elle fait la connaissance de Chase Elliot, un propriétaire terrien au charme ombrageux et ravageur, Eden comprend qu'il va lui falloir aussi dompter la passion et le désir fou que lui inspire cet homme qui ne pourra jamais s'intéresser à elle...

La Saga des Stanislaski - Les rêves d'une femme

Natasha, Mikhail, Rachel, Alexi, Frederica, Kate : tous sont membres de la famille Stanislaski. De parents ukrainiens, ils ont grandi aux Etats-Unis. Bien que très différents, ils ont en commun la générosité, le talent, et l'esprit de clan. Et pour chacun d'entre eux va bientôt se jouer le moment le plus important de leur vie.

Alors qu'elle vient d'intégrer un grand cabinet new-yorkais, où elle va exercer comme avocate, Rachel rêve à la brillante et passionnante carrière qui l'attend. N'a-t-elle pas le goût du risque, de l'énergie, de l'ambition à revendre ? Sans compter qu'elle a la ferme intention de n'accorder aucun intérêt aux hommes et aux histoires sentimentales ! Aussi comprend-elle qu'il va lui falloir une bonne dose de combativité pour résister aux avances de Zackary Muldoon, avec lequel elle se trouve contrainte de travailler deux mois durant…

Prochain rendez-vous le 1er novembre 2013

A paraître le 1er mai

Best-Sellers n°559 • suspense

Un tueur dans la nuit - Heather Graham

Un corps atrocement mutilé, déposé dans une ruelle mal éclairée de New York en une pose volontairement suggestive…

En s'avançant vers la victime – la quatrième en quelques jours à peine –, l'inspecteur Jude Crosby comprend aussitôt que le tueur qu'il traque vient une fois de plus d'accomplir son œuvre macabre. Qui est ce déséquilibré, qui semble s'ingénier à imiter les crimes commis par Jack l'Eventreur au 19e siècle ? Et comment l'identifier, alors que le seul témoin à l'avoir aperçu n'a distingué qu'une ombre dans la nuit, vêtue d'une redingote et d'un chapeau haut de forme ? Se pourrait-il, comme le titrent les médias, déchaînés par l'affaire, qu'il s'agisse du fantôme du célèbre assassin, ressuscité d'entre les morts pour venir hanter le quartier de Wall Street, désert la nuit ? Une hypothèse qui exaspère Jude, lui qui sait bien qu'il a affaire à un homme en chair et en os qu'il doit arrêter au plus vite. Quitte pour cela à accepter de collaborer avec la troublante Whitney Tremont, l'agent du FBI qui lui a été envoyé pour l'aider à résoudre l'affaire. Même si Jude ne croit pas un seul instant au don de double vue qu'elle prétend posséder…

Best-Sellers n°560 • suspense

L'ombre du soupçon - Laura Caldwell

Après des mois difficiles durant lesquels elle a été confrontée à la perte d'un être cher ainsi qu'à une déception amoureuse, Izzy McNeil, décidée à ne pas se laisser aller, accepte sans hésiter de devenir présentatrice d'une nouvelle chaîne de télévision. Mais si la chance semble lui sourire à nouveau, il lui reste encore à retrouver sa confiance en elle et à remettre de l'ordre dans sa vie sentimentale. Pourtant, tout cela passe d'un seul coup au second plan quand elle retrouve Jane, sa meilleure amie, sauvagement assassinée. Anéantie, Izzy doit en outre affronter les attaques d'un odieux inspecteur de police qui la soupçonne du meurtre de son amie. Comment se défendre face à ces accusations quand des coïncidences incroyables la désignent comme la coupable idéale – tandis que de sombres secrets que Jane aurait sans doute voulu emporter dans la tombe commencent à remonter à la surface ? Désormais, Izzy le sait, elle est la seule à pouvoir dissiper l'ombre du soupçon.

Best-Sellers n°561 • thriller

L'hiver assassin - Lisa Jackson

Ne meurs pas. Bats-toi. Ne te laisse pas affaiblir par le froid et la morsure du vent. Oublie la corde et l'écorce gelée. Bats-toi. C'est la quatrième femme morte de froid que l'on retrouve attachée à un arbre dans le Montana, un étrange symbole gravé au-dessus de la tête. Horrifiées par cette série macabre, Selena Alvarez et Regan Pescoli, inspecteurs de police, se lancent dans une enquête qui a tout d'un cauchemar, au cœur d'un hiver glacial et de jour en jour plus meurtrier à Grizzly Falls. Au même moment, Jillian Rivers, partie à la recherche de son mari dans le Montana, se retrouve prisonnière d'une violente tempête de neige. Un homme surgit alors pour la secourir avant de la conduire dans une cabane isolée par le blizzard. Malgré son soulagement, Jillian éprouve instinctivement pour cet être taciturne un sentiment de méfiance. Et si ses intentions n'étaient pas aussi bienveillantes qu'il y paraissait ? Et s'il se tramait quelque chose de terrible ? Pour Selena, Regan et Jillian, un hiver assassin se profile peu à peu dans ces forêts inhospitalières…

Best-Sellers n°562 • thriller

Et tu périras par le feu - Karen Rose

Hantée par une enfance dominée par un père brutal – que son entourage considérait comme un homme sans histoire et un flic exemplaire –, murée dans le silence sur ce passé qui l'a brisée affectivement, l'inspecteur Mia Mitchell, de la brigade des Homicides, cache sous des dehors rudes et sarcastiques une femme secrète, vulnérable, pour qui seule compte sa vocation de policier. De retour dans sa brigade après avoir été blessée par balle, elle doit accepter de coopérer avec un nouvel équipier, le lieutenant Reed Solliday, sur une enquête qui s'annonce particulièrement difficile : en l'espace de quelques jours, plusieurs victimes sont mortes assassinées dans des conditions atroces. Le meurtrier ne s'est pas contenté de les violer et de les torturer : il les a fait périr par le feu… Alors que l'enquête commence, ni Mia ni Reed, ne mesurent à quel point le danger va se rapprocher d'eux, au point de les contraindre à cohabiter pour se protéger eux-mêmes, et protéger ceux qu'ils aiment…

Best-Sellers n°563 • roman

La vallée des secrets - Emilie Richards

Si rien ne changeait, le temps aurait raison de son mariage : telle était la terrible vérité dont Kendra venait soudain de prendre conscience. Blessée dans son amour, elle part s'installer dans un chalet isolé au cœur de la Shenandoah Valley, en Virginie. Une demeure héritée par son mari, Isaac, d'une grand-mère qu'il n'a jamais connue, seule trace d'une famille qui l'a abandonné après sa naissance. Dans ce lieu enchanteur et sauvage, elle espère se ressourcer et faire le point sur son mariage. Mais c'est une autre quête qui la passionne bientôt : celle du passé enfoui et mystérieux des ancêtres d'Isaac. Une histoire intimement mêlée aux secrets de la vallée, précieusement protégés par les habitants qui en ont encore la mémoire. Mais qu'importe : Kendra, qui n'a rien oublié de son métier de journaliste, est prête à relever le défi. Car, elle en est persuadée, ce n'est qu'en sachant enfin d'où il vient qu'Isaac pourra construire avec elle un avenir serein…

Best-Sellers n°564 • roman

Un automne à Seattle - Susan Andersen

Quand elle apprend qu'elle hérite de l'hôtel particulier Wolcott, près de Seattle, Jane Kaplinski a l'impression de rêver. Car avec la demeure, elle hérite aussi de la magnifique collection d'art de l'ancienne propriétaire ! Autant dire une véritable aubaine pour elle, conservatrice-adjointe d'un musée de Seattle. Mais à son enthousiasme se mêlent des sentiments plus graves : de la peine, d'abord, parce qu'elle adorait l'ancienne propriétaire de Wolcott, une vieille dame excentrique et charmante qu'elle connaissait depuis l'enfance. Et de l'angoisse, ensuite, parce qu'elle redoute de ne pas être à la hauteur de la tâche. Heureusement, elle peut compter sur l'aide inconditionnelle
de ses deux meilleures amies, Ava et Poppy, qui ont hérité avec elle de Wolcott. Et sur celle, quoique moins chaleureuse, de Devlin Kavanagh, chargé de restaurer la vieille bâtisse. Un homme très séduisant, très viril et très sexy, mais qui l'irrite au plus haut point avec son petit sourire en coin, et son incroyable aplomb. Mais comme il est hors de question qu'elle réponde à ses avances à peine voilées, elle n'a plus qu'à se concentrer sur son travail. Sauf que bien sûr, rien ne va se passer comme prévu…

Best-Sellers n°565 • historique
La maîtresse du roi - Judith James
Cressly Manor, Angleterre, 1662
Belle, sensuelle et déterminée, Hope Matthews a tout fait pour devenir la favorite du roi d'Angleterre, quitte à y laisser sa vertu. Pour elle, une simple fille de courtisane, cette réussite est un exploit, un rêve inespéré auquel elle est profondément attachée. Malheureusement, son existence dorée vole en éclats lorsque le roi lui annonce l'arrivée à la cour de la future reine d'Angleterre. Du statut de maîtresse royale, admirée et enviée de tous, elle passe soudainement à celui d'indésirable. Furieuse, Hope l'est plus encore lorsqu'elle découvre que le roi a mis en place un plan pour l'éloigner de Londres : sans la consulter, il l'a mariée à l'ombrageux et séduisant capitaine Nichols, un homme arrogant qui ne fait rien pour dissimuler le mépris qu'il éprouve pour elle…

Best-Sellers n°566 • historique
Princesse impériale - Jeannie Lin
Chine, 824.
Fei Long n'a pas le choix : s'il veut sauver l'honneur de sa famille, il doit à tout prix trouver une remplaçante à sa sœur fugitive, censée épouser un seigneur khitan sur ordre de l'empereur. Hélas ! à seulement deux mois de la cérémonie, il désespère de rencontrer la candidate idéale. Jusqu'à ce que son chemin croise celui de Yan Ling, une ravissante servante au tempérament de feu. Bien sûr, elle n'a pas l'élégance et le raffinement d'une princesse impériale, mais avec un peu de volonté – et beaucoup de travail –, elle jouera son rôle à la perfection, Fei Long en est convaincu. Oui, Yan Ling est la solution à tous ses problèmes. A condition qu'il ne tombe pas sous son charme avant de la livrer à l'empereur…

Best-Sellers n°567 • érotique
L'emprise du désir - Charlotte Featherstone
Parce qu'il croit avoir perdu à jamais lady Anaïs, la femme qu'il désire plus que tout au monde, lord Lindsay s'est laissé emporter entre les bras d'une autre maîtresse, aussi voluptueuse mais autrement dangereuse : l'opium. Semblables à de langoureux baisers, ses volutes sensuelles caressent son visage et se posent sur ses lèvres, l'emportant vers des cimes inexplorées. Et quand survient l'extase, le rideau de fumée se déchire, et, le temps d'un rêve, il possède en imagination la belle Anaïs. Hélas, pour accéder encore et encore à cet instant magique, Lindsay a besoin de plus en plus d'opium, qui devient vite pour lui une sombre maîtresse, exigeante, insatiable. Alors, le jour où lady Anaïs resurgit dans sa vie, encore plus troublante, encore plus désirable, il comprend qu'il va devoir faire un choix. Car il ne pourra les posséder toutes les deux…

Composé et édité par les
éditions HARLEQUIN

Achevé d'imprimer en France (Malesherbes)
par Maury-Imprimeur
en mai 2013

Dépôt légal en juin 2013
N° d'imprimeur : 181152